À ma mère, Dorothée, la seule qui, par ses mots, parvient immanquablement à m'apaiser.

À ma fille, Taïna, écrivaine en herbe, qui a lu et validé chacune des lignes de ce qui va suivre.

Lorsque vous avez éliminé l'impossible, ce qui reste, si improbable soit-il, est nécessairement la vérité.

ARTHUR CONAN DOYLE,
Le Signe des Quatre (1890)

1

Station Miromesnil, Paris 8e, 5 décembre 2017

— Il a été poussé ?

— Peut-être, nous n'avons pas encore visionné la vidéosurveillance.

Deux officiers de police regardaient le corps déchiqueté d'un homme sur les rails du métro de la station Miromesnil. Les secours tentaient de récupérer des morceaux de l'individu encastrés sous la voie ferrée.

— Il va falloir trouver qui c'est, et vu ce qu'il en reste ça ne va pas être facile ! s'exclama l'un des officiers.

— J'espère juste que ce n'est pas un sans-papiers.

Boulevard de la Chapelle, Paris 18e, 6 décembre 2017

Le cadavre d'une femme était étendu sous le pont Saint-Ange qui supportait le viaduc aérien de la ligne 2 du métro sur le boulevard de la Chapelle.

— Les riverains nous ont dit qu'elle était allongée, dos

contre ce poteau depuis hier, indiqua un agent en uniforme à son collègue de la police judiciaire. Ils ne s'en sont pas inquiétés, car ils ont cru qu'elle était SDF.

— Elle s'appelait Aïssatou Camara, elle avait 33 ans, précisa un autre agent. Elle était mariée, mère de 3 enfants et habitait du côté de la porte de Clignancourt, rue Championnet.

— Le décès remonte à au moins douze heures, compte tenu de la lividité cadavérique, compléta le médecin légiste en examinant le cadavre.

Muni de ses gants, il appuya sur une zone du bras de Mme Aïssatou Camara.

— Vous voyez, la coloration violacée reste persistante à la pression. Mais il est impossible de déterminer les causes du décès pour l'heure, je ne vois pas de traces de blessure, d'hématome ou de strangulation.

Saint-Ouen, Hauts-de-Seine, le même jour

— Je l'ai retrouvée là, en bas des marches. J'ai d'abord vu le sang déborder sur le pas de porte. C'est ça qui m'a interpellé.

Un homme d'une quarantaine d'années, entouré d'agents en uniforme, pointait du doigt une zone émaillée de sang, délimitée par un rubalise jaune.

— Vous la connaissiez ? questionna un policier.

— Oui, elle s'appelait Aminata Diawara. Elle habitait au septième étage.

— Vivait-elle avec quelqu'un ?

— Non, elle vivait seule.

Rue de la Pompe, Paris 16ᵉ, 8 décembre 2017

Une femme en larmes s'agitait dans le séjour d'un appartement bourgeois dont le décor rappelait le Second Empire, le téléphone portable collé à l'oreille.

— Calmez-vous, madame, ordonna la voix au bout du fil. Pouvez-vous me redonner votre identité, s'il vous plaît ?

— Je m'appelle Nadia Khar… oubi…, geignit-elle, je suis… la femme de ména… ge… d… de… Il est mort, j'en suis sûre… il est tout bleu…

— Madame, je vous en prie, calmez-vous. Pouvez-vous me donner les nom et prénom de cette personne, s'il vous plaît ?

— Le prénom c'est Gérard et le nom c'est Hugues. Je l'ai trouvé en arrivant quand je suis entrée dans sa chamb… c'est horrib…

Elle s'interrompit en gémissant.

— Nous vous envoyons une unité. Surtout ne bougez pas, ils seront là dans moins de dix minutes.

Rue Poulet, Paris 18ᵉ, 12 décembre 2017

— Elle a fait une chute. Sa tête a d'abord heurté le rebord de la vasque avant de percuter le carrelage.

L'officier de police judiciaire leva les yeux vers son collègue de la police scientifique, puis regarda la flaque de sang brunie, figée sur le marbre blanc. Les premières escouades de mouches rôdaient autour du cadavre, attirées par la fermentation du corps.

— Le choc serait à l'origine du décès ? interrogea le policier, les yeux plissés.

— Elle a une fracture importante là, déclara l'expert, en soulevant la tête de la femme. Mais il faudrait en déterminer la cause. Peut-être qu'elle a glissé ou fait un malaise. C'est difficile à dire.

— Elle s'appelait Sonia Bourguiba. Elle était femme de ménage dans un grand hôtel, célibataire et sans enfants, indiqua un autre officier.

Un des experts réajusta ses surlunettes de sécurité en observant Mme Bourguiba.

— Elle est décédée il y a au moins cinq ou sept jours d'après la putréfaction et la coloration des tissus. Vous voyez ?

Il lui désigna un amas de couleur verte qui recouvrait l'abdomen rebondi du cadavre sous l'effet des gaz. La masse menaçait d'envahir son cou. L'officier tira son calepin et nota pendant que l'expert continuait de s'exprimer.

Police judiciaire de Paris, 10 février 2018, 16 heures

Le brigadier Sandro longeait la rue du Bastion, les mains dans les poches de son blouson en peau de mouton, une cigarette greffée à ses lèvres. Le froid était polaire, mais il était prisonnier de ce rituel solitaire devenu indispensable à son efficacité. Avant septembre de l'année précédente, c'est le long du 36, quai des Orfèvres qu'il marchait. Mais la brigade criminelle à laquelle il appartenait avait déménagé avec presque l'ensemble des services centraux au 36, rue du Bastion, nouveau siège de la direction régionale de la police judiciaire de Paris, la PJ. Ils étaient à présent réunis – plus de 2000 agents – dans cette bâtisse de huit étages, d'une superficie de 32600 mètres carrés et de quatre niveaux de sous-sol, ultramoderne, aux façades de verre traités en matériau pare-balles et reflétant le ciel. Il détestait le quartier engorgé de travaux, bruyant et sale de la porte de Clichy, à des années-lumière du charme de l'île de la Cité qu'ils avaient quittée après plus d'un siècle d'histoire. Il avait 45 ans et y avait passé près de vingt ans. Il badgea, traversa le hall d'accueil et rejoignit les quatre officiers de son équipe à l'étage.

— Je suis prêt, on y va, leur lança-t-il.

— Allons le cueillir, ce salaud ! répondit son collègue Larret.

Ils récupérèrent leurs armes et se précipitèrent dans leurs véhicules stationnés au sous-sol. Après avoir emprunté la voie souterraine qui reliait la PJ au boulevard des Batignolles, les officiers de police judiciaire, OPJ, se dirigèrent accompagnés de plusieurs agents de police vers Trappes, dans les Yvelines. Une information judiciaire avait été ouverte à la suite de cinq décès suspects dont la cause était similaire. Un juge d'instruction avait été désigné et, au sein de la brigade criminelle, il avait été chargé de mener l'enquête. Il était assisté de deux OPJ et de quatre agents. On comptait parmi les macchabées deux Sénégalaises, l'une femme au foyer et l'autre femme de ménage, une femme de chambre tunisienne et deux hommes. Le premier était un ouvrier malien. L'autre était la pièce rapportée de ces crimes. Il s'agissait d'un Français bon teint, PDG d'une filiale d'un industriel chinois, vivant dans le 16e arrondissement de Paris. Une chose notable ressortait des rapports d'autopsie : chacune de ces personnes avait passé l'arme à gauche après un arrêt cardiaque. Elles avaient toutes absorbé une dose anormale de vitamine D, de lithium et de potassium : un cocktail mortel. L'enquête révélait également que si ces personnes ne se connaissaient pas, a priori, elles avaient toutes deux points communs : elles souffraient d'un cancer et communiquaient, régulièrement et ce depuis plusieurs mois, avec un même individu : son numéro était apparu sur les relevés de leurs lignes téléphoniques qui avaient été fournis aux enquêteurs après réquisition judiciaire. Il s'agissait d'un retraité sénégalais. Il était marabout.

Trappes, Yvelines, le même jour, 17h30

Vêtu de sa blouse blanche, Moussa Sylla était debout devant le plan de travail qu'il avait installé dans l'une des pièces du sous-sol de sa maison, lequel lui servait de cabinet. Cet endroit particulier s'appelait « le laboratoire ». Moussa y confectionnait avec rigueur l'ensemble de ses traitements. Personne ne pouvait y pénétrer sans son autorisation. En face de lui était suspendu un meuble en *Pterocarpus erinaceus,* un bois rosé du Sénégal. Il comportait des dizaines de petits tiroirs habillés d'étiquettes sur lesquelles on pouvait lire des noms aussi étranges que « *Synsepalum chimanimani* » ou « *Adansonia digitate* ».

Moussa traitait tous les maux du corps et parfois de l'âme. Ses patients venaient en nombre pour bénéficier de ses soins. Il introduisit dans le blender une plante à fleurs rapportée de son dernier voyage au Sénégal, y ajouta des écorces qu'il avait fait ramollir et un peu d'eau, murmura des incantations dans un dialecte inconnu et fit tourner le mixeur. Il manquait quelque chose. Moussa se dirigea vers un grand réfrigérateur qui ne contenait que des bouteilles en plastique d'eau minérale recyclées pour les besoins de ses traitements. Elles étaient alignées par dizaines, pleines de substances épaisses et polychromes. Il s'empara de l'une d'elles remplie d'un liquide vert olive, sur laquelle on pouvait lire « phlébite », et revint devant sa préparation. Fatoumata, son épouse, apparut dans l'encadrement de la porte. Elle lui demanda en wolof s'il voulait qu'elle lui serve le repas au sous-sol.

Moussa Sylla était un ancien infirmier arrivé en France en 1972, comme main-d'œuvre dans les usines Renault. Il avait bénéficié de la procédure de regroupement familial dans les années 1990 pour faire venir son épouse Fatoumata. Il l'avait rencontrée et épousée au cours d'un de ses voyages au pays.

Moussa stoppa le blender et indiqua à Fatoumata qu'il mangerait plus tard chez Fanta, sa deuxième femme.

En 2002, alors qu'il avait déjà 54 ans, il avait pris une autre épouse, Fanta. Le mariage traditionnel avait été réalisé en bonne et due forme à défaut du mariage civil, la polygamie étant interdite en France. Mais cette limite législative ne semblait pas le préoccuper, puisqu'il s'était marié une nouvelle fois de façon traditionnelle en 2013 avec une troisième femme, Diénéba.

Fanta venait de se présenter à son tour au sous-sol, mais

elle n'était pas seule. Elle était entourée d'une dizaine d'agents de police. Le brigadier Sandro s'avança le premier.

— Vous êtes M. Moussa Sylla ? interrogea-t-il.

Moussa le regarda d'un air grave.

— Oui, messieurs. En quoi puis-je vous aider ?

À cette réponse, quatre des officiers de police se précipitèrent et le plaquèrent contre le plan de travail. Sa tête percuta le meuble en bois rosé et un des tiroirs céda. Des graines séchées de petite taille roulèrent sur le sol. Ses deux épouses se mirent à hurler en s'avançant vers les officiers.

— Mesdames, n'approchez pas, autrement je vous embarque ! s'interposa Sandro.

Deux officiers se saisirent des femmes pour les tirer vers l'extérieur, écrasant, au passage, les précieuses graines de Moussa. Il observait la scène, meurtri. Ces policiers ne réalisaient pas quel chemin il avait dû parcourir pour les rassembler, presque une à une, et le bien qu'elles procuraient à ses patients. Un policier maintenait sa tête appuyée contre le plateau en bois, tandis que l'autre lui tordait les bras dans le dos. Son cou le faisait atrocement souffrir, et il se demandait pourquoi ces hommes s'obstinaient à le maltraiter de la sorte. Il n'avait aucune intention de s'enfuir et n'avait manifesté aucune résistance. Un de ses patients avait dû le trahir, songea-t-il. Il savait que l'exercice illégal de la médecine était réprimé. Puis les décès surgirent dans son esprit comme une vision venue de l'au-delà et il ferma ses paupières.

— Lâchez-le, il n'a rien fait ! s'époumonait Fanta.

— Je vous en prie ! Ne prenez pas mon mari, suppliait Fatoumata, en larmes.

— Sortez-les-moi d'ici ! hurla Sandro, excédé.

Il balaya la pièce des yeux et tomba sur l'épais Vidal placé dans un coin de cet endroit qui servait de lieu d'expérimentation à ce savant fou. Il notifia au prévenu son placement en garde à vue et entama les opérations de perquisition.

Asnières-sur-Seine, Hauts-de-Seine, le même jour, 21 heures

L'odeur du bois se consumant dans la cheminée se mêlait aux parfums des plats qui défilaient à l'occasion des 60 ans d'Agathe, sa mère. Le repas offrait une odyssée de saveurs. Il avait débuté par un assortiment de sushis cuisinés par An, l'épouse d'origine chinoise du frère cadet de Béatrice, Antonin. Ils avaient été suivis de *ndolé*, sorte d'épinard amer cultivé au Cameroun, pays de naissance d'Agathe. Celle-ci venait enfin de déposer sur la table des *teiglach*, bouchées au miel, confectionnées par Patrick, l'époux de Béatrice.

— Il faut que tu me donnes la recette. C'est vraiment délicieux, Patrick. Vous faites ça pendant les fêtes de Noël si j'ai bien compris ? interrogea Agathe.

— On les cuisine traditionnellement pour Rosh Ha-Shana, précisa Patrick.

— Rosh quoi ?

— Roch Ha-Shana, le nouvel an juif, maman, indiqua Antonin, assis en bout de table à côté de son épouse.

— Ah d'accord. C'est comme le nouvel an des Chinois, demanda-t-elle en regardant An.

Le silence fut à peu près la réponse d'An qui, après avoir jeté un coup d'œil furtif à Agathe, continua de moucher Lily, sa petite dernière de 8 mois. Mika, l'aîné de leurs trois enfants, déboula au même moment, le téléphone d'Agathe à la main.

— Mamie, ton téléphone a sonné, j'ai répondu à la dame ! Tiens !

— Mika, je t'ai déjà dit de ne pas répondre au téléphone, chuchota Antonin, en fusillant son fils du regard.

Sa mère s'empara de l'appareil et disparut dans la cuisine. Elle en revint dix minutes plus tard, la mine défaite.

— C'était mon amie Simone, indiqua-t-elle. Elle voulait me demander un grand service.

Elle s'affaissa sur son siège et poursuivit :

— Elle a été très malade il y a quelques années. Elle a guéri grâce à un homme qui apparemment a de gros ennuis, ajouta-t-elle en scrutant Béatrice qui commençait à se demander si ce n'était pas elle qui allait hériter du « grand service » à rendre à son amie.

— Il est en garde à vue.

— Maman ! s'exclama-t-elle. Tu ne vas pas m'envoyer en garde à vue au beau milieu de ton repas d'anniversaire !

— Justement, ma chérie, fais-moi ce cadeau. Simone me dit que c'est quelqu'un de bien. S'il te plaît.

Béatrice soupira en laissant tomber sa serviette sur la table.

— De quoi on l'accuse ?

— Je ne sais pas. Mais elle m'a dit que c'était sérieux. La femme du monsieur l'a appelée pour lui demander si elle connaissait un bon avocat.

— Comment s'appelle ce monsieur ?

— Mamadou Sylla, je crois, ou quelque chose comme

ça. J'avoue que je ne sais plus. Enfin, téléphone à sa femme, elle attend ton appel.

Agathe tendit à Béatrice un bout de papier sur lequel elle avait griffonné : *Fatoumata Sylla*, suivi d'un numéro de portable. Patrick avait réservé une nuit dans un hôtel cinq étoiles pour leur soirée mensuelle en amoureux, fixée le premier samedi de chaque mois. Elle sentait que leur projet allait tomber à l'eau. Elle se tourna vers lui, dépitée, mais les yeux de Patrick n'avaient pas quitté Agathe. Il l'observait, livide.

Le 11 février 2018, 11 h 20

Le lendemain, il avait déposé Béatrice devant l'entrée de la PJ et ne l'avait pas quittée des yeux jusqu'à ce qu'elle ait franchi les portiques en verre. Elle s'était retournée au dernier moment et avait agité sa main en souriant. Il lui avait rendu son salut en l'accompagnant d'un baiser. Il aimait profondément cette femme. Sa détermination et sa vivacité d'esprit nourrissaient chez lui une admiration indescriptible. Depuis leur mariage, six ans plus tôt, pas un jour ne s'était écoulé sans qu'il ne se trouvât chanceux de l'avoir pour épouse. Il ne s'était jamais intéressé à une femme noire avant elle. Pire, il n'avait, en réalité, jamais fréquenté de Noirs avant leur rencontre. Il ne s'estimait pas raciste, mais sans doute empreint de honteux préjugés à l'égard d'une communauté qu'il n'avait jusque-là perçue qu'au travers du prisme déformant des médias qui véhiculaient l'image d'une population pauvre et peu éduquée.

Depuis la veille, toutefois, il s'était aperçu d'un fait notable les concernant : ces Africains se connaissaient tous. Quelle était la probabilité dans un monde rationnel pour que Béatrice héritât de ce dossier ? Il avait passé un temps considérable à tenter de l'en dissuader. Mais ses arguments semblaient avoir du plomb dans l'aile face à la volonté toute-puissante d'Agathe Fosso. Ayant trop souvent eu à subir ses phrases au vitriol, par lâcheté, lors du repas, il s'était abstenu d'intervenir pour faire pencher la balance. Il faut dire que l'un des sports favoris de cette femme était de le dénigrer. Son crime ? Il dirigeait la filiale d'un laboratoire pharmaceutique américain. Son entreprise comptait, entre autres faits d'armes, selon elle, la stérilisation de milliers de femmes africaines cornaquée par Bill Gates et l'OMS. Les propos d'un ancien ministre kenyan étaient à l'origine de cette rumeur de la « complosphère ». En raison des hormones de grossesse qui avait été découvertes dans des lots de vaccins contre le tétanos et des problèmes de fertilité qu'avaient eus par la suite certaines femmes, il avait qualifié cette campagne vaccinale mise en place par l'OMS de « programme ciblé de stérilisation de masse ». Quand Patrick avait accusé Agathe de verser dans le complotisme, ça lui avait valu six mois d'exclusion de son domicile.

Il roulait en direction de la porte Maillot, la vitre grande ouverte. Malgré le froid qui régnait dans la capitale, il transpirait. Ses yeux absents regardaient les rues sans les voir. Il avait laissé le contrôle de son 4 × 4 à ses mains moites qui guidaient le volant en pilotage automatique. Quand il arriva sur le rond-point embouteillé de travaux, son front perlait de sueur. Il s'arrêta devant un immeuble en verre d'une vingtaine d'étages sur la devanture duquel était inscrit « Merculix ». Un homme portant un brassard de sécurité se dirigea vers son véhicule.

Son bureau se situait au dernier étage. Il pénétra dans l'ascenseur et jeta un regard furtif à la couronne de sa montre ornée de saphir : elle affichait 11 h 20. Il était donc un peu plus de 5 heures à New York. Il hésita un instant puis sortit son portable sécurisé et composa un message laconique à Peter, le *chief executive officer*, CEO du groupe. Compte tenu de l'heure, il ne le lirait qu'à son réveil, ce qui lui laissait un peu de temps pour se préparer. Il se contempla dans le miroir qui le toisait. Son teint mat était d'une pâleur préoccupante. Les portes de l'ascenseur s'ouvrirent et il se dirigea vers son bureau. Il n'était pas installé que son téléphone sonna. Ce diable de Peter ne dormait jamais, se dit-il en se pinçant les lèvres. Sa bouche forma un sourire amer et il décrocha. Peter, comme toujours, alla droit au but.

— Pourquoi tu me déranges aux aurores, la tour Eiffel brûle ?

La gorge de Patrick se serra. Il déglutit et continua d'un ton hésitant :

— Béatrice est sur l'affaire du marabout.

— Je ne comprends pas, articula son chef, qu'est-ce que tu veux dire ?

— Elle a accepté de représenter Sylla.

— Elle ne peut pas accepter cette affaire ! hurla Peter.

Les décibels de la voix qui lui répondait firent exploser le son du haut-parleur de son portable ainsi que son tympan gauche.

— Et puis comment se fait-il, grands dieux, qu'elle soit sur cette affaire ? Il n'y a pas assez de putains d'avocats à Paris ?!

— Je sais, Peter… mais si incroyable que ça puisse paraître, apparemment sa mère connaît quelqu'un qui connaît…

Peter le coupa violemment.

— Patrick, je me fiche bien de sa mère et de la personne qui connaît quelqu'un qui connaît quelqu'un ! Elle doit sortir de ce putain de dossier ! Est-ce que c'est clair ? !

— Peter, j'ai tenté de l'en dissuader. Mais je n'ai rien pu faire… et, sincèrement, si j'insiste trop elle va trouver ça louche.

Après un certain nombre de *Fucking!*, et de *God dam!*, Peter poursuivit sur un ton plus calme.

— Il va falloir être très vigilant, Patrick. Je ne sais pas si tu es conscient du danger dans lequel tout ça pourrait nous mettre ?

— Je sais, Peter.

— Il faut que tu la surveilles de très près. Je vais essayer d'actionner mes relais auprès de la police judiciaire, de mon côté.

Police judiciaire de Paris, le même jour, 11 h 30

L'audition de Moussa Sylla avait finalement été fixée au lendemain du repas d'anniversaire de sa mère, en fin de matinée. Patrick avait insisté pour la déposer à la PJ. Ils avaient annulé leur soirée, car il ne se sentait pas en forme. Il disait souffrir de l'estomac à cause du piment dont Agathe avait agrémenté les plats. Béatrice pénétra dans l'enceinte du hall spacieux et lumineux, et se dirigea vers l'accueil. Un immense logotype rond, portant en son centre un gigantesque « 36 » et une représentation stylisée de la façade vitrée de cet immeuble, était plaqué sur le comptoir d'accueil, en référence au regretté « 36, quai des Orfèvres ». On l'invita à s'installer dans l'une des quatre salles d'attente numérotées. Elle n'était pas mécontente des nouveaux locaux. Ils étaient splendides, attenants au futur palais de justice qui allait ouvrir ses portes près de son domicile, situé boulevard des Batignolles, et de son cabinet, sis rue de Courcelles. Il comptait également deux étages entiers de cellules de garde à vue d'une propreté incroyable, des salles d'entretien avec les avocats impeccables et des salles d'audition séparées. Cela évitait de devoir assister ses clients dans les bureaux miteux des enquêteurs, comme au quai des Orfèvres.

Elle faisait peu de gardes à vue, les abandonnant volontiers à ses collaborateurs. Elle ne se déplaçait que pour les dossiers importants. Traduction : *les délinquants en col blanc qui dépendaient de la brigade financière et payaient des honoraires à cinq chiffres au moins*. Mais on était dimanche et elle ne voulait pas jouer les manageuses toxiques. Dans cet univers empreint de sexisme et de racisme elle avait réussi, à 34 ans, à se faire un nom parmi les pénalistes de la place parisienne. Elle s'était retrouvée, il y avait six ans, propulsée dans une affaire qui avait eu la faveur des médias. Sa victoire en avait appelé d'autres, puis encore d'autres. Béatrice aimait gagner et n'hésitait jamais à aller chercher ses victoires aux forceps.

L'officier en charge se présenta enfin. L'homme de taille moyenne portait une coupe militaire sur une tête carrée. Il lui tendit la main.

— Bonjour, maître Fosso-Cooper.

Béatrice hésita, elle ne savait pas si Sandro était son nom ou son prénom ?

— Bonjour, monsieur San... Monsieur Vilo...

— Sandro Vilola. Sergio, de mon prénom. Mais vous pouvez vous limiter à M. Sandro, répondit-il.

— Parfait, acquiesça-t-elle en souriant.

— Je vous en prie, suivez-moi.

Béatrice accompagna le brigadier vers les ascenseurs et il badgea.

— Je connais votre réputation, maître, glissa-t-il, mais dans cette affaire, vous ne pourrez rien faire. Nous avons un dossier épais comme la Bible contre lui. Alors, plus vite il coopérera, plus vite nous pourrons boucler cette garde à vue.

Par paresse ou tentative de manipulation, les flics brandissaient toujours l'existence du « dossier épais ». Elle répondit avec dédain.

— Nous n'avons manifestement pas les mêmes priorités, monsieur Sandro. Et mon travail n'est pas de faciliter le vôtre. Je suis là pour défendre un homme qui bénéficie, jusqu'à preuve du contraire, de la présomption d'innocence, quoi que vous ayez à lui reprocher. Je sais que vous êtes pressé d'en finir, mais vous me permettrez de faire mon travail.

Il lui lança un regard noir et se tut pour de bon. Il la conduisit à l'étage des gardes à vue. L'avocate le suivit le long d'un couloir qui alignait des portes en bois habillées d'étiquettes numérotées. Il s'arrêta devant l'une d'elles, percée d'une imposte, l'ouvrit et referma derrière elle. Le gardé à vue l'attendait pour l'entretien qui devait précéder son audition. Il était assis sur une chaise derrière une petite table blanche. Il se leva dès qu'il la vit. Sa stature était impressionnante. Il paraissait la cinquantaine tout au plus, loin du septuagénaire rabougri qu'elle avait imaginé. De lui se dégageaient une sorte de quiétude et quelque chose d'indéfinissable qui la perturba. Ses yeux étaient restés figés sur son visage, jusqu'à ce qu'elle réalise qu'il lui tendait la main.

Boulevard des Batignolles Paris 17e, 11 novembre 2018

Les premières lueurs du jour commençaient à poindre et effleuraient avec douceur les traits du visage de cet étranger allongé près d'elle. Adossée à sa tête de lit, Béatrice l'observait dans la pénombre depuis une demi-heure, presque en traître. Il avait les yeux clos, imperturbable en dépit de la pluie diluvienne qui s'abattait sur les persiennes. Elle aurait aimé sonder ses pensées, découvrir les circonstances de ce lourd secret qu'il s'était employé à lui dissimuler. Elle avait découvert quelques jours plus tôt que lui ou son entreprise était en lien avec Moussa Sylla. La mélodie heurtée des intempéries finit par avoir raison de sa résistance et elle se leva. Dans la cuisine, elle tentait d'émerger, le nez suspendu aux vapeurs chaudes de sa tasse de café au format XXL. En proie à un appel irrésistible, elle sortit et marcha jusqu'au bureau de Patrick. Elle referma doucement la porte et parcourut du regard la pièce, ne sachant pas ce qu'elle cherchait. À la suite de sa garde à vue, neuf mois plus tôt, Moussa Sylla avait été mis en examen pour homicide volontaire, et incarcéré. Elle n'avait rien pu faire face à la flopée de preuves accablantes présentées par le brigadier Sandro, elles avaient même fini par la convaincre de sa culpabilité. Mais l'aura indescriptible de cet homme continuait de la troubler. En relisant le dossier d'instruction, elle était tombée sur le relevé téléphonique de la ligne fixe du cabinet, ligne qui lui servait à recevoir les appels de ses patients. La vision du « 01 56 21 75 » l'avait glacée. Il s'agissait d'un appel entrant de deux minutes, émis du standard de Merculix. Pourquoi ? Cette question hantait ses pensées depuis trois jours. Ses yeux se fixèrent sur la sacoche de Patrick, jetée sur son bureau. Elle la prit le cœur battant et en sortit une pochette cartonnée. Ses yeux se noyèrent dans des suites de termes médicaux incompréhensibles. Un bruit comme un souffle sembla traverser les murs. Elle frissonna et remit fébrile la pochette dans la sacoche. Elle colla son oreille à la porte et patienta, immobile. Elle entendit un objet lourd s'effondrer sur le parquet. Son cœur fit un bond. Elle inspira et expira. Après un moment, elle ouvrit la porte, le téléphone collé à son oreille.

— Maman, je te rappelle, déclara-t-elle avant de baisser les yeux.

Patrick était accroupi dans l'entrée du bureau et ramassait les morceaux d'un vase en cristal qui était posé sur une console en cuivre dans le couloir. Il lui parla sans lever la tête.

— J'allais aux toilettes et je l'ai fait tomber. J'étais sans doute mal réveillé.

— Ce n'est pas grave, je vais t'aider, répondit-elle en s'accroupissant.

— Qu'est-ce que tu faisais dans mon bureau ? demanda-t-il en lui jetant un regard en coin.

— J'allais aux toilettes et mon téléphone a sonné, comme je ne voulais pas te réveiller, je suis entrée dans la première pièce, rétorqua-t-elle en se relevant. Je vais chercher le balai, ça sera plus efficace, conclut-elle.

En fin de matinée, après sa douche, elle le rejoignit dans la cuisine. Il était immobile devant l'îlot central. Il tenait un grand couteau d'une main et une courgette de l'autre. Ses yeux étaient rivés sur l'écran LED encastré dans le mur. Une présentatrice livrait l'information suivante qui tournait en boucle sur toutes les chaînes d'information, depuis la veille :

Les laboratoires Merculix dans la tourmente. Le Vacanix fait l'objet d'une enquête par la FDA, l'agence fédérale américaine des produits alimentaires et médicamenteux. Les études cliniques qui ont propulsé dans la stratosphère commerciale le Vacanix omettaient, volontairement ou non, un effet indésirable majeur cause d'accidents vasculaires cérébraux. Or ce médicament, qui a finalement été retiré du marché trois ans plus tôt, avait été prescrit des millions de fois par les médecins. La FDA soupçonne les laboratoires Merculix d'avoir été pleinement informés des effets indésirables du Vacanix dès son lancement en 2010, et d'avoir continué à donner des instructions à ses délégués médicaux pour qu'ils induisent les médecins en erreur sur la sécurité de ce médicament. La FDA estime que des dizaines de milliers de décès causés par ce médicament auraient pu être évités.

Patrick s'empara de la télécommande et éteignit l'écran d'autorité. Béatrice continua de le considérer, les lèvres closes. Son visage était blanc comme la planche à découper sur laquelle gisaient les tranches irrégulières de courgettes qu'il avait massacrées à coups de lame.

— Il y a combien de plaintes ?

— Beaucoup trop, répondit-il en saisissant une carotte. Mais je ferai le point avec Peter quand j'arriverai à New York.

— J'imagine qu'il est encore derrière tout ça, lança-t-elle en débarrassant les épluchures des légumes qui jonchaient l'îlot. Parfois, je me demande comment tu fais pour travailler avec ce monstre.

— Il n'est pas si terrible, chérie.

Béatrice s'arrêta et le fustigea du regard.

— Pas si terrible ? Patrick, il y a des milliers de morts. Des gens que des familles pleurent encore, parce que TA boîte a décidé que gagner plus de fric était plus important que leur vie !

Il laissa tomber son couteau sur le côté et s'appuya en soutenant son corps de ses deux mains plaquées sur le plan de travail. Il semblait transporter ses quarante-quatre années de vie sur ses épaules. Il n'osait lever les yeux vers elle et rongeait les cadavres des légumes qu'il avait déchiquetés d'un regard coupable. Elle fut prise d'une pitié inattendue pour ce vieillard qu'elle aimait encore et garda le silence.

Le lendemain, il se leva vers 7 h 30 et se prépara pour son départ à New York. Elle se tenait devant le palier, entourée de ses valises. Elle était impatiente qu'il franchisse le pas de la porte pour être débarrassée de cette schizophrénie qui l'usait. Il passa la main sur sa joue et la caressa. Ils s'observèrent, semblant chercher dans le regard de l'autre des réponses à des questions qu'ils s'interdisaient de formuler à voix haute. Il lui glissa « je t'aime » en la serrant avec force. Elle lui répondit « moi aussi », sans enthousiasme. Il s'engouffra dans l'ascenseur et disparut dans le grondement des câbles de la machinerie.

Quand il fut dans le spacieux hall de l'immeuble en marbre décoré de motifs géométriques noirs et blancs, Patrick sortit son portable sécurisé d'une main nerveuse. Ses pas frappaient d'un bruit acéré le sol tandis qu'il se dirigeait vers le portail. Il aperçut son chauffeur et lui fit signe de s'occuper de ses bagages.

— Allô, répondit la voix au bout du fil. Tout va bien ?

— Ça va, je me dirige vers l'aéroport.

— Parfait, je t'attendrai à ton arrivée.

Patrick s'installa à l'arrière du véhicule tandis que le chauffeur traînait ses valises jusqu'au coffre.

— Tu es sûr que tout va bien ?

Il souffla en s'enfonçant sur le dossier de son siège.

— Je suis un peu inquiet. Je me demande si Béatrice ne sait pas quelque chose.

— Qu'est-ce qui te fait dire ça ?

— Je l'ai surprise hier enfermée dans mon bureau. Je pense qu'elle fouillait.

— Ah bon ?

— Oui. Et quand je lui ai demandé ce qu'elle y faisait, elle m'a sorti une histoire à dormir debout…

Puis il s'interrompit, les yeux tremblotants comme s'il était assailli d'images funestes.

— Je suis terrifié à l'idée que…

— Tu es parano, Patrick, je ne vois pas ce qu'elle saurait.

Le chauffeur prit place dans la berline.

— Il faut que je te laisse, coupa-t-il.

Puis il se ravisa avant que la voix eût raccroché.

— Au fait … pas un mot de tout ça à Peter.

2

Fosso & Cie, Paris 17e, 12 novembre 2018

Béatrice, perchée sur son vélo, se dirigeait vers son cabinet situé à une quinzaine de minutes de son domicile. Elle longea le terre-plein central du boulevard des Batignolles, où ils vivaient depuis leur mariage, en plein cœur du quartier des Batignolles qui s'étendait de la place de Clichy – où elle avait passé son enfance – à la cité judiciaire de Paris qui venait d'être inaugurée à la porte de Clichy. Elle accéléra, ses AirPods rivés aux oreilles. Clotaire, son meilleur ami, un médecin légiste d'origine congolaise, était au bout du fil. Elle lui avait transmis des analyses de patients de Moussa Sylla qui prétendaient avoir été guéris de leur cancer à la faveur de ses traitements. Il lui livrait ses conclusions.

— En résumé, les personnes présentaient des anomalies de la numération formule sanguine, peut-être en lien avec un cancer. Puis un retour à la normale. Mais il est difficile d'interpréter tout ça isolément. Et même si elles ont eu un cancer, elles ont peut-être guéri grâce aux traitements classiques qu'elles suivaient. Pour moi, ça ne veut rien dire.

Béatrice soupira.

— Je t'avoue que je patine un peu sur ce dossier.

— Je pense qu'il faut que tu prennes les choses sous un autre angle, B. Combien de personnes a-t-il traitées du cancer au total ? Y a-t-il eu des accidents avant cet épisode malheureux, même non mortels ? Et quels étaient les antécédents des victimes ? Quelle était la composition des traitements et pourquoi celles-ci sont mortes et pas les autres ? A-t-il changé quelque chose dans ce qu'il administrait ou dans les dosages ?

Béatrice quitta son ami devant l'immeuble qui abritait Fosso & Cie, qu'elle avait fondé huit ans plus tôt, et qui comptait une équipe de vingt personnes, dont quatre juristes et cinq assistantes. Ses locaux occupaient le deuxième étage d'un bâtiment haussmannien entouré de balcons et d'encadrements de fenêtres richement ornés. À peine eut-elle franchi la porte qu'elle fut apostrophée par son assistante.

— Bonjour, Béatrice, j'ai Mme Sylla en attente. Ça a l'air sérieux. Je vous laisse vous installer. Je la fais patienter.

Elle pénétra d'un pas fébrile dans son bureau, se débarrassa de son imper et décrocha le téléphone fixe.

— Maître, c'est un drame ! hurla Fatoumata Sylla dès qu'elle entendit sa voix.

Béatrice tenta d'articuler un début de phrase et fut interrompue par un bruit étouffé suivi d'un silence. Son cœur se mit à battre plus rapidement. Une autre voix reprit la conversation.

— Allô, maître, c'est Fanta, Fatoumata est trop mal pour vous parler.

— Mais qu'y a-t-il, Fanta ?

— Vous n'êtes pas au courant ?

— Au courant de quoi ?

— C'est Moussa, il est dans le coma. Il a eu un accident à la prison. Ils l'ont transporté à l'hôpital, nous sommes en chemin pour y aller.

Béatrice pressa la main sur sa poitrine, abasourdie.

— Mon Dieu ! Mais que s'est-il passé ?

— Nous n'avons pas plus d'informations, maître, nous sommes sous le choc. Je dois vous laisser, excusez-moi.

Elle raccrocha, laissant l'avocate sonnée par la nouvelle. Elle devait rencontrer Sylla le lendemain pour tenter d'obtenir des réponses sur le mystérieux appel de Merculix. Mais le sort semblait organiser son impuissance. Elle guigna de l'œil l'épais dossier « Sylla » et d'un geste le fit voler. Elle regarda ses pages retomber, le visage bouffi de colère. Une fois qu'elle eut repris ses esprits, elle appela Fanny Saigner, sa première collaboratrice à qui elle avait confié la gestion des équipes un an plus tôt. Jeune trentenaire aux cheveux châtains et aux yeux d'un bleu lumineux, elle était d'une efficacité redoutable. Quand elle entra, son regard s'arrêta sur les feuilles qui jonchaient le parquet.

— Bonjour, Béa, dit-elle en se baissant.

— T'es au courant pour Sylla ?

— Oui, je t'ai laissé un message.

— Mince, je n'ai pas encore écouté mon répondeur.

Fanny prit la pochette jaune et se mit à y reclasser les feuilles.

— Apparemment, il aurait fait une chute dans sa cellule. Mais ils sont incapables d'expliquer comment c'est arrivé. Il a un traumatisme crânien violent et a fait une hémorragie cérébrale. Il a été admis en réanimation dans la nuit. Son pronostic vital serait engagé.

Les yeux de Béatrice n'avaient pas quitté Fanny. Elle l'écoutait, le visage déformé par la frustration.

— Je ne veux pas être parano, poursuivit Fanny, mais tu ne trouves pas bizarre que la prison soit incapable de nous dire ce qui s'est passé ? On ne tombe pas comme ça, comme par enchantement.

— Ils vont ouvrir une enquête, j'imagine ?

— Oui, mais pour l'instant, c'est la thèse de l'accident qui semble privilégiée.

— Qu'est-ce que ça pourrait être d'autre ?

Fanny haussa les épaules et referma le dossier.

— Je ne sais pas. Je trouve juste étrange qu'aucun de ses codétenus ne soit en mesure d'expliquer ce qui s'est passé.

— En effet, répondit Béatrice, sur un ton qui resta comme suspendu à la fin d'une phrase qu'elle semblait chercher.

Elle se mit à mordiller ses ongles dont le vernis s'écaillait peu à peu sous ses dents. Elle les recrachait comme si elle était seule au monde. Fanny l'observait avec une patience remarquable. Elle surprit son regard et reprit d'un ton acerbe.

— Je veux que tu arrêtes tout ce que tu fais, Fanny. Ce dossier doit devenir ta priorité. Mets autant de collaborateurs qu'il faudra dessus. Je veux des réponses !

— Pas de souci, Béa. Je m'en occupe, acquiesça Fanny.

Le silence s'installa à nouveau entre les deux avocates. Puis Fanny poursuivit :

— Je t'ai transmis les profils des victimes, je ne sais pas si tu as eu le temps de les regarder ?

— Non, répondit Béatrice, pour qui le dossier Sylla n'était la priorité que depuis trois jours.

Elle en entreprit la lecture et s'arrêta sur le profil singulier d'une des victimes appartenant à « la France des gens qui réussissent », perdue au milieu de quatre autres, tous de « la France des gens qui ne sont rien ». Cette victime pas comme les autres se nommait Gérard Hugues et dirigeait la filiale française de la société Medical Survive, entreprise chinoise qui fabriquait des composants pour matériels hospitaliers. Il avait une calvitie prononcée et une face large, boutonneuse à souhait. Que pouvait faire un homme d'une telle position sociale chez un marabout ?

— Tu ne trouves pas que Gérard Hugues ne colle pas avec les autres ? Il est français pur souche et PDG d'une boîte cotée. Les autres sont tous d'origine africaine, ouvriers, femmes de ménage ou au foyer. Tu peux creuser pour savoir comment il a atterri chez Sylla ?

Fanny acquiesça de la tête. D'après le dossier, les victimes de cette affaire avaient toqué à la porte du cabinet occulte de Sylla sur recommandation d'un ancien patient qui servait de caution morale. Il cultivait le secret et exigeait une discrétion absolue des personnes qui visitaient son cabinet. Le procédé était puissant, car même les parties civiles déclaraient toutes qu'elles n'étaient pas informées que leur proche fréquentait un marabout.

Les jours qui suivirent s'écoulèrent sans avancée notable dans l'enquête de l'avocate. Sylla avait subi une opération importante et continuait de sommeiller dans un coma dont elle n'espérait plus qu'il se réveille. Les photos des victimes avaient été transmises aux épouses afin de vérifier si elles se souvenaient de leurs visites. Assise dans son bureau, le haut-parleur de sa ligne fixe actionné, Béatrice observait avec une pointe de satisfaction ses ongles carrés qui luisaient sous une french manucure exquise. Le début de gerçure qui s'était formé autour de son pouce l'avait convaincue d'opter pour de faux ongles. Fatoumata lui indiquait que sa coépouse, Fanta, avait reconnu Abdoulaye Diallo et Camara Aïssatou, mais n'avait rien noté de particulier les concernant. Pour sa part, c'est Gérard Hugues dont elle se souvenait.

— Ce n'était pas très longtemps avant tout ce malheur, précisa-t-elle. Mon mari m'avait demandé de venir servir le thé et il était là, assis au sous-sol. Je me souviens qu'il était chauve, comme sur la photo, avec un gros ventre. Il portait un costume bleu foncé, comme les hommes riches, et une cravate rose. Mais ce qui m'a étonnée, c'est qu'il n'était pas venu tout seul.

— Avec qui était-il ?

— Il était avec sa femme. Ça m'a étonnée parce que Moussa ne faisait jamais de rendez-vous avec plusieurs personnes en même temps. C'était la première fois que je voyais ça. Et puis je me souviens aussi que sa femme avait un parfum très fort et des chaussures rouges avec des talons très hauts.

Fatoumata s'interrompit une seconde puis reprit.

— Je pensais que les familles disaient qu'elles ne savaient pas pour les traitements alors que sa femme était venue avec lui. Je me demande pourquoi elle a menti ?

— J'avoue que je l'ignore, Fatoumata, répondit Béatrice.

Fosso & Cie, Paris 17e, le même jour

Béatrice et Fanny étaient cloîtrées dans une spacieuse salle de réunion de Fosso & Cie pour tenter de démêler le vrai du faux dans les allégations de Mme Hugues. Son témoignage était démenti par sa supposée visite dans le sous-sol clandestin de Moussa. Pour quelle raison cette femme avait-elle menti ? Cachait-elle quelque chose ? Doté d'une vaste table en verre entourée de fauteuils en feutre gris, ce lieu névralgique du cabinet comportait un grand écran interactif tactile que Fanny maniait avec dextérité. Béatrice l'écoutait, les traits tirés, lui livrer le compte rendu de ses recherches sur la femme de la victime pas comme les autres.

— Bon, en résumé, Mme Frédérique Hugues a épousé Gérard Hugues il y a treize ans. Ils n'ont pas d'enfants. Ils vivaient ensemble entre Paris et Hong Kong, où ils passaient environ la moitié de l'année. Mme Hugues ne déclare pas d'activité professionnelle. Elle est titulaire d'une rente annuelle à la suite d'un accident de travail qui a entraîné une incapacité permanente d'au moins cinquante pour cent.

— Tu connais la nature de son incapacité ?

— Ça n'apparaissait pas dans les pièces du dossier d'enquête.

L'avocate fit défiler l'écran vers une page Internet.

— Mais j'ai fait une petite recherche et je suis tombée sur sa page Facebook, qui est publique. Au départ, je me suis demandé si elle n'avait pas tout simplement accompagné son époux pour bénéficier elle aussi de traitements pour son incapacité. Mais cette hypothèse ne tient pas, à moins que M. Sylla ne sache faire repousser une jambe.

Des plis se dessinèrent sur le front de Béatrice.

— Qu'est-ce que tu veux dire par là ?

Fanny pointa du stylet une photo de la page de Mme Hugues.

— En fait, si tu regardes bien, tu peux te rendre compte qu'elle est unijambiste. Elle a eu un accident de travail il y a quelques années, elle en parle longuement sur son fil d'actu.

Béatrice se leva et se rapprocha de l'écran. Elle scruta les photos de Mme Hugues.

— Ça ne colle pas avec le reste, Fanny.

— Quoi ?

— Lorsque j'ai parlé à Fatoumata, elle m'a clairement indiqué que la personne accompagnant M. Hugues portait « des chaussures rouges avec des talons très hauts ». Tu as vu beaucoup d'unijambistes porter des chaussures à talons ?

— En effet, constata Fanny en croisant ses bras fins.

— Fatoumata était très précise dans ses descriptions. Si la femme en talons rouges était en chaise roulante ou portait une prothèse, je doute que ce détail lui aurait échappé. Cette femme n'était pas Mme Hugues.

— D'où une autre question sans réponse : qui était-ce ?

— Je ne sais pas. Écoute, par acquit de conscience, je vais tout de même envoyer sa photo à Fatoumata.

Béatrice demeura dans la salle de réunion après le départ de Fanny. Elle composa un mail et envoya la photo à Fatoumata Sylla en lui demandant de la rappeler. Elle resta comme piégée par le fil d'actualité de la page Facebook de Mme Hugues. Frédérique Hugues était une femme brune aux cheveux courts qui approchait, tout comme son époux, la cinquantaine. Elle souffrait d'obésité morbide et portait une prothèse à la jambe droite. Quand Fatoumata rappela l'avocate, elle lui confirma ce qu'elle savait déjà. « Non, la femme qui était avec le M. Hugues avait bien ses deux jambes ». Fatoumata avait pris la visiteuse pour l'épouse de M. Hugues parce qu'elle avait ressenti une grande proximité entre les deux individus.

— Vous pensez que c'était son « deuxième bureau » ? questionna Fatoumata.

— « Deuxième bureau » ? Béatrice ne comprit l'expression qu'en la prononçant. C'est possible. Pourriez-vous me la décrire ?

— Je ne l'ai pas vue debout, mais je dirais qu'elle était plutôt courte ou moyenne et avait entre 40 et 45 ans avec des cheveux blonds qui lui tombaient aux épaules. Elle était mince et très élégante. On sentait que c'était une femme du monde avec une bonne position. Je trouvais aussi qu'elle était beaucoup plus belle que lui. Le M. Hugues, vous savez, il n'était vraiment pas terrible.

Béatrice quitta la salle de réunion en songeant à la mystérieuse femme aux talons rouges. Pouvait-elle vraiment être la maîtresse d'Hugues ? Dans son bureau, elle parcourut l'épais dossier d'instruction. Elle consulta les auditions des témoins à la recherche d'un détail qui aurait pu lui échapper. Elle s'arrêta, songeuse sur un des procès-verbaux. Il s'agissait du témoignage de la femme de ménage de M. Hugues. Elle avait découvert le corps inanimé de son patron étendu sur la moquette de sa chambre le lendemain de sa mort. Elle s'appelait Nadia Kharoubi.

Nanterre, 17 décembre 2018

L'avocate venait de se garer sur le parking d'une de ces « favelas » de France et se dirigeait d'un pas hésitant vers un grand ensemble qui s'étendait sur des dizaines de mètres. Elle chercha des yeux l'entrée de chez Mme Kharoubi. Des jeunes, désœuvrés, sur le front desquels on aurait pu lire « no futur », étaient amassés devant le bâtiment de la femme de ménage. Elle traversa le groupe et s'enfonça dans la nébulosité du hall de l'immeuble. Un grand miroir, défoncé par ce qu'elle soupçonna être un coup de poing, faisait face à un escalier dont le ciment avait sauté par endroits. Le local à poubelles, resté ouvert, laissait échapper une odeur de rat mort. Elle se précipita dans l'ascenseur en retenant sa respiration. Mme Kharoubi l'attendait sur le palier. Elle dépassait la cinquantaine, portait une tunique beige de type caftan brodée au col, assortie d'un voile autour d'un visage joufflu.

— Bonjour, madame Kharoubi, merci beaucoup d'avoir accepté cet entretien.

— De rien, maître. Appelez-moi Nadia. Je ne suis pas très tranquille, mais je pense que c'est ce que je devais faire.

Béatrice la suivit dans un salon aménagé d'un canapé oriental rouge sans piétement et disposé en forme de U. Une théière argentée sur une table basse en bois semblait attendre de remplir de breuvage de petits verres colorés. Nadia fit couler, dans une danse hypnotique, le thé dont la mousse exhalait un parfum de menthe vivifiant. Après l'avoir servie, elle expliqua à l'avocate qu'elle ne croyait pas à la culpabilité de Moussa.

— Pour quelle raison ? s'enquit Béatrice, intriguée.

Mme Kharoubi porta à ses lèvres le petit verre qu'elle tenait et la fixa d'un regard apeuré.

— Je n'ai pas osé le dire à la police, j'ai très peur d'eux vous savez. Mais c'est moi qui ai fait rencontrer M. Hugues et M. Sylla.

Elle observa la mine interloquée de Béatrice et poursuivit :

— Je travaille chez les Hugues depuis dix ans. J'ai eu un cancer du sein il y a quatre ans et j'ai guéri grâce à M. Sylla, qu'Allah le bénisse, ajouta-t-elle en levant les bras au ciel. Je faisais la chimio, mais ça me rendait très malade. Quand une amie m'a donné le numéro de M. Sylla, j'ai commencé le traitement et tout s'est mieux passé. Je n'avais plus d'effets secondaires et j'ai guéri très vite. Même les médecins ne savaient plus où se mettre la tête. Quand M. Hugues est tombé malade, je lui ai parlé de Moussa. Au début, il n'était pas d'accord. Après, il a accepté. Pour moi, il se sentait mieux après avoir commencé le traitement, c'est ce qu'il m'avait dit. Je ne comprends pas ce qui s'est passé, maître.

— Merci, d'avoir accepté de vous livrer, Nadia. Tout cela sera très précieux pour aider M. Sylla. M'autorisez-vous à joindre votre témoignage au dossier ?

Elle haussa ses épaules arrondies qui semblaient accrochées à un dos voûté par des années d'efforts.

— De toute façon, c'est la vérité, lâcha-t-elle, la tête baissée. Je n'ai pas parlé aussi à cause de Mme Hugues. Je ne voulais pas qu'elle pense que c'est à cause de moi que son mari est mort et qu'elle me renvoie. Vous savez, elle est…

La femme de ménage se mit à sangloter. Elle tira un mouchoir de la boîte placée sur la table basse et se vida dix fois le nez dans des reniflements formidables. Béatrice, qui suivait malgré elle ses mouvements d'un regard compatissant, grimaçait de l'intérieur.

— Je n'arrête pas de penser au corps de M. Hugues. J'ai même vu son machin… Si vous aviez vu ça…

Béatrice l'avait vu en photo et c'était déjà trop. Elle posa sa main sur le bras de la femme de ménage.

— Merci, maître. Je sais que je dois parler pour aider Moussa. Tant pis, si Mme Hugues me renvoie.

Au nouveau prononcé du nom de Mme Hugues, l'avocate saisit au vol l'occasion de parler de l'objet de sa visite.

— Justement, à propos de Mme Hugues, je sais qu'elle n'était pas souvent à Paris. Nous avons de bonnes raisons de penser que M. Hugues avait une maîtresse et c'est d'ailleurs pour cette raison que je souhaitais m'entretenir avec vous. Savez-vous s'il fréquentait une autre femme quand Mme Hugues était à Hong Kong ?

Dans le regard de Mme Kharoubi Béatrice lut une lueur de malice mal dissimulée. Après avoir invoqué le pardon d'Allah, la femme de ménage, qui maîtrisait le secret des poubelles, réajusta son postérieur sur son siège, en commère experte, et se livra en baissant la voix comme si elle craignait que les murs ne l'entendent.

— J'ai remarqué que quelquefois le lit était vraiment en désordre, comme s'il s'y était bagarré avec quelqu'un. Et des fois, il y avait des traces de maquillage sur les oreillers ou des protège-slips dans la salle de bains alors que Madame était à Hong Kong. C'est comme ça que j'ai compris qu'il en avait une autre.

Le visage de Béatrice s'éclaira.

— Avez-vous eu l'occasion de croiser cette femme ?

— Non, jamais. Quand j'arrivais, M. Hugues était déjà au bureau. Je n'ai jamais vu cette femme. Je sais seulement qu'elle a des cheveux blonds à cause de tout le travail qu'elle me donnait. Je devais les ramasser partout pour que Mme Hugues ne sache rien. La pauvre femme avait déjà assez de malheur dans la vie avec son bout de jambe.

Béatrice peina à masquer sa déception et quitta Nadia Kharoubi comme elle était arrivée : les mains vides. Fanny lui suggéra une solution : les caméras de vidéosurveillance. L'avocate, rebroussant chemin vers le cabinet, s'était retrouvée coincée dans les bouchons de l'infernale autoroute A86. Elle l'écoutait, d'une oreille distraite.

— Si M. Hugues avait bien une maîtresse qui venait chez lui régulièrement en l'absence de son épouse, indiqua-t-elle, et à supposer que cette maîtresse soit nos talons rouges, ça devrait pouvoir ressortir des vidéos filmées par des caméras de commerçants à proximité de chez lui, tu ne crois pas ?

Après avoir hurlé « Fils de pute ! » à un salopard qui venait de la doubler par la droite, Béatrice émit quelques réserves.

— Je ne suis pas sûre de ton plan, Fanny. D'abord, il va falloir convaincre les commerçants de nous laisser accéder à leurs images, ce qui n'est pas gagné, car on n'est pas flics. Et *secondo* : est-ce qu'ils les auront encore ? De mémoire, ils ne sont pas autorisés à les conserver au-delà d'un mois et les faits datent d'il y a un an maintenant.

— Oui, mais est-ce qu'ils respectent vraiment la règle ? J'ai envie de tenter, on n'a rien à perdre.

« Grand bien te fasse », se dit-elle intérieurement en raccrochant. En termes plus prosaïques, elle pensait que tout ça ne mènerait nulle part et que Fanny perdait son temps.

Le lendemain, elle laissa Fanny se rendre seule dans la rue de Gérard Hugues pour rechercher les hypothétiques images. Elle préféra retrouver chez elle son ami Clotaire pour un verre improvisé. Ils discutaient, avachis sur le canapé d'angle du séjour, autour d'une bouteille de vin blanc. Pendant qu'il s'exprimait, elle le détaillait. Il était bel homme, ce Clotaire. Une bonne fée l'avait doté d'un physique d'Apollon et d'un sourire ravageur qui éclairait sa barbe taillée en pointe chaque fois qu'il ouvrait la bouche. Il était vêtu d'une veste en cuir vieilli qui lui donnait un côté rebelle se mariant fort bien avec sa personnalité cinglante. Elle l'avait rencontré quinze ans plus tôt, au cours d'une soirée de beuverie alors qu'ils étaient étudiants. Ils ne s'étaient plus quittés. Elle appréciait la relation forte et franche qui s'était nouée entre eux, tout comme sa loyauté à toute épreuve. Lorsqu'il mit le sujet de Patrick sur la table, un voile sombre s'abattit sur le visage de l'avocate.

— En gros, il sait que je sais qu'il cache quelque chose.

— Vous ne pouvez pas continuer comme ça. Qu'est-ce que tu comptes faire, ma pauvre ?

— Qu'est-ce que tu veux que je fasse ? Je n'ai pas l'ombre

d'un début de réponse à mes interrogations. En plus, Sylla est opportunément dans le coma.

— Tu penses que ce n'est pas un accident ?

— Ça se pourrait que ça n'en soit pas un. En tout cas, c'est ce que croit Fanny. Clo, la somme des questions sans réponses dans ce dossier me rend dingue !

Clotaire s'enfonça dans le canapé et la considéra.

— De quoi l'impasse dans laquelle tu te trouves est-elle le nom ?

— Je ne comprends pas ce que tu veux dire, en fait.

— Arrête de faire l'autruche, B., ça devient pénible. Pourquoi tu refuses d'accepter que ton Patrick est loin, mais très loin d'être l'homme intègre dont il a emprunté le costume ? B., ce type est un manipulateur !

Puis il s'interrompit avant de revenir à la charge.

— Je vais te dire ce que je pense. Oublie tes « peut-être que c'est par hasard que ... », etc. Pour moi, la réponse tient en une phrase : lui ou sa boîte, et sans doute les deux, sont impliqués dans ton affaire. Ce coup de fil de deux minutes passé à Sylla n'est pas un hasard. Merculix a discuté avec ton marabout qui, au passage, s'est bien gardé de te le dire ! Je ne sais pas ce qui se trame entre eux, mais pour moi, ils sont tous de mèche !

Béatrice le dévisageait, muette. L'accusation était sévère, mais elle devait admettre que son ami faisait preuve d'une impitoyable lucidité. La situation était claire en définitive : son client était un criminel et Patrick et Merculix ses complices. Cette pensée lui fit monter les larmes aux yeux et elle plongea le visage dans ses mains.

— Qu'est-ce que je vais faire, Clo, c'est mon mari...

— Je sais que c'est dur, mais si Patrick est impliqué, mari ou pas, tu dois le livrer à la justice, répliqua-t-il en lui caressant l'épaule. Vous n'avez vraiment aucune autre piste ?

— On pourchasse une mystérieuse blonde d'une quarantaine d'années aux talons rouges. Si tu as ce profil dans tes contacts, appelle immédiatement la police.

— C'est qui, cette blonde ?

— C'est la maîtresse d'une des victimes. Fanny est allée faire la chasse aux images de vidéosurveillance. Elle est mignonne, mais, sincèrement, je doute que ça nous fasse avancer.

Pourtant Béatrice allait devoir tresser des louanges à Fanny, car celle-ci ne tarda pas à l'appeler.

— Béa, je me suis rendue dans la rue de M. Hugues. J'en reviens tout juste. Je peux passer te voir ? Ça serait mieux pour en parler. J'ai des trucs intéressants à te montrer.

Béatrice acquiesça, honteuse.

— Avec plaisir. Je suis avec Clotaire. On pourra profiter de ses lumières. À tout de suite.

Elle raccrocha et se tourna vers Clotaire dont le regard ne l'avait pas quittée.

— C'était Fanny. Elle arrive. Il semble que j'ai eu tort de ne pas faire confiance à son éternel optimisme.

Vingt minutes plus tard, elle sonnait à la porte, euphorique. Pendant qu'ils se dirigeaient tous les trois vers le bureau de Béatrice, elle entama son compte rendu.

— Je me suis rendue dans un bistrot situé à cent mètres de l'entrée du bâtiment d'Hugues. J'ai été reçue par le patron des lieux…

Béatrice l'interrompit, les lèvres frémissantes.

— Du coup, tu as eu les images ?

Mais Fanny, qui semblait avoir perdu l'ouïe dans la rue de Gérard Hugues, ignora la question et poursuivit là où elle s'était arrêtée.

— En fait, j'ai dû raconter au bonhomme que j'étais une des avocates des parties civiles, pour obtenir son atten…

Sa cheffe la fixait avec un regard de tueuse tout en mordillant ses ongles tout neufs. Fanny poursuivit.

— Je sais, ce n'est pas déontologiquement correct, mais…

— Abrège Fanny, par pitié, je n'ai plus d'ongles.

— OK. La bonne nouvelle, c'est qu'il avait encore les images et qu'il m'a permis de les récupérer sur une clé USB, que voici. Je suis passée au cabinet pour faire des captures d'écran agrandies que j'ai imprimées. La mauvaise nouvelle, c'est que c'est très flou.

Elle lui remit la pochette cartonnée contenant les captures d'écran. Béatrice les parcourut attentivement. Les images étaient inexploitables en l'état, la femme aurait pu être Fanny avec une perruque ou n'importe quelle autre blonde de sa stature. Elle était vêtue d'un manteau long de couleur rouge, et tenait un sac blanc. Ses cheveux d'un blond intense retombaient le long de ses épaules. Elle ne devait pas dépasser un mètre soixante-cinq, malgré ses talons hauts, compte tenu du mètre soixante et onze d'Hugues. On devinait celui-ci au gabarit trapu de l'homme et à son crâne chauve. Béatrice les envoya tout de même à Mme Sylla pour recueillir son avis. Fatoumata, qui aurait pu faire carrière dans le renseignement, certifia que les deux blondes étaient bien les mêmes. La visiteuse aux côtés d'Hugues avait un manteau rouge identique à la femme sur les images. « Il était accroché au portemanteau avec celui de M. Hugues qui était noir comme celui qu'il porte sur la photo. Maître, c'est bien elle», avait-elle affirmé.

— Par simple curiosité, demanda Clotaire, comment ont-ils fait le lien entre les victimes et ce M. Sylla ?

— Grâce à leurs portables, répondit Fanny. Ils communiquaient régulièrement avec Sylla, et les heures précédant leur décès, leurs lignes ont toutes accroché une borne relais située près de son domicile. Ça doit correspondre au jour de leurs rendez-vous, je pense. Attendez, je vais vérifier dans le dossier.

Fanny prit son ordinateur et parcourut le dossier d'instruction à la recherche des dates précises relevées par les officiers de police judiciaire. Après un moment, elle interpella Béatrice et Clotaire.

— Il y a quand même un élément surprenant. Vous me direz ce que vous en pensez. Le procès-verbal indique que M. Hugues se serait rendu au domicile de Sylla le lundi 4 décembre 2017. Ce jour-là, sa ligne a accroché la borne relais située près de chez lui.

— Oui. Et alors, c'est quoi le problème ? questionna sa cheffe.

— M. Hugues, contrairement aux autres victimes, et c'est la chose étrange, n'est pas mort dans les heures qui ont suivi son rendez-vous, puisqu'il est mort le vendredi 8 décembre de la même semaine. Vous ne trouvez pas ça bizarre, vous ?

Béatrice se rapprocha et examina le procès-verbal.

— Il a peut-être rencontré Sylla deux fois cette semaine-là... Il y n'a pas un agenda de ses rendez-vous dans le dossier ?

Fanny fit non de la tête.

— Il faudrait voir avec Fatoumata.

Fatoumata confirma que son époux avait bien un agenda, mais qu'elle ne l'avait pas aperçu depuis un moment. Selon elle, il devait être entre les mains de la police, car après la fin des perquisitions, tout avait été nettoyé de fond en comble.

— S'il vous plaît, fouillez encore, nous en avons vraiment besoin. J'ai une autre question, vous souvenez-vous du jour de la semaine où vous aviez rencontré M. Hugues et sa maîtresse ?

— Je ne me souviens pas exactement. Mais je sais que c'était avant que Moussa parte à Dakar. Il a pris l'avion le vendredi 8 décembre, donc ça devait être entre le lundi et le mercredi, parce qu'il n'a pas pris de patient le jeudi, comme il préparait le voyage.

— Donc il n'a pris aucun rendez-vous après le mercredi, si je comprends bien ?

— Non, maître. Et il est parti vendredi matin très tôt, vers 6 heures.

— Fatoumata, ce que vous me dîtes là est extrêmement important. Ça serait parfait si vous pouviez retrouver son agenda qui montre bien qu'à partir du mercredi il n'a plus vu aucun patient. J'ai aussi noté que les victimes avaient toutes appelé Moussa le jour de leur rendez-vous. C'était une pratique habituelle ?

— Oui, les patients devaient confirmer le rendez-vous en l'appelant au moins une heure avant.

— Une dernière question avant de vous laisser. Est-il possible que Moussa ait remis le traitement à M. Hugues afin qu'il le prenne chez lui ?

— Non, Moussa donnait lui-même le traitement au sous-sol, parce qu'il devait aussi faire les prières et les massages. Le traitement sans les prières, ça ne marche pas.

Béatrice raccrocha et resta un moment taciturne. Une nouvelle hypothèse déstabilisante se profilait dans son enquête. D'après Fatoumata, Hugues n'avait pas pu rencontrer Sylla le vendredi de sa mort, puisque celui-ci était dans l'avion en partance pour Dakar.

3

Boulevard des Batignolles, 18 décembre 2018, 22 h 30

Béatrice grignait, en observant les restes d'ongles qui avaient survécu à ses incisives. Elle souffla en se laissant choir sur son fauteuil.

— J'avoue que je suis perdue ! Cette affaire prend vraiment des tournures de résolution de la quadrature du cercle.

Fanny et Clotaire étaient toujours présents dans son bureau. Son ami, qui était allongé les jambes croisées sur un canapé en velours rouge, pièce maîtresse de ce lieu, se releva.

— Reprenons tout depuis le début, suggéra-t-il. Essayons de voir si on n'a pas loupé quelque chose.

Béatrice se frotta les yeux et reprit.

— OK. Voici ce que nous savons. Le corps d'Hugues a été découvert le vendredi après-midi par sa femme de ménage, Mme Kharoubi. Le rapport fixe l'heure de sa mort au vendredi matin à 8 heures. Le laps de temps qui a séparé la prise du traitement et la mort des autres victimes est compris entre huit et douze heures. Cela signifie qu'il a forcément pris son traitement le jeudi soir à partir de 20 heures certainement en présence de la blonde qui, comme on le sait grâce aux images de vidéosurveillance, était avec lui.

Fanny intervint, effarée.

— Elle pourrait l'avoir empoisonné ? Mais pour quelle raison ?

Sa collaboratrice la regarda comme si elle venait de lui soumettre une équation à dix inconnues.

— Je ne sais pas, Fanny. Il nous manque un élément que je n'arrive pas à saisir.

Clotaire fronça les sourcils, incrédule.

— Bah, si M. Sylla n'est pas le meurtrier, la seule piste plausible, c'est elle. Si elle ne connaissait pas les autres victimes elle ne peut pas avoir de mobile les concernant.

Béatrice contemplait Clotaire, en souriant. L'une de ses principales passions, outre disséquer des cadavres et contredire tout le monde, demeurait son désir d'apporter systématiquement et méthodiquement une explication rationnelle à toute problématique. Il poursuivit tel un professeur tentant d'expliquer l'algèbre à deux demeurées.

— Son mobile réside forcément dans sa relation avec Hugues. Pour se débarrasser de lui en brouillant les pistes, inclure d'autres victimes était une excellente solution. C'était ensuite facile de faire porter le chapeau à Sylla puisque le malheureux Hugues le consultait aussi.

— Les autres n'étaient que des dommages collatéraux ! hurla Fanny.

Béatrice se mit à taper lentement dans ses mains en hochant la tête.

— Tu es bon ! Tu es vraiment bon. C'est la seule explication logique.

Clotaire, modeste, continua son analyse.

— Merci, B., mais ça ne résout pas la question du « comment » elle a pu empoisonner les quatre autres personnes ?

L'avocate soupira.

— En fait, il nous faudrait l'agenda de Sylla pour vérifier ses rendez-vous et déterminer s'il a eu d'autres visiteurs ce jour-là. On sait que les quatre autres victimes ont été reçues par Sylla le mardi. Peut-être qu'elle avait un complice qui a également été reçu ce même jour et qui aurait empoisonné ses traitements. C'est une hypothèse à envisager, vous ne pensez pas ?

— Oui, je suis d'accord, acquiesça Fanny. Il faudrait peut-être consulter le relevé téléphonique du cabinet de Sylla ? Attends, je vais regar...

Béatrice la coupa.

— Je m'en occuperai, Fanny. Je pense qu'on en a assez fait pour ce soir. Et puis je meurs de faim. Pas vous ?

Clotaire lui jeta un regard en coin, et ils achevèrent la soirée par un bon repas servi dans des boîtes en carton livrées par une célèbre plateforme étasunienne qui pratiquait l'esclavage moderne.

Les événements s'accélérèrent les jours suivants alors qu'elle sortait d'une des salles d'audience du palais de justice. Son téléphone vibra comme elle se débarrassait de sa robe. Clotaire était à l'autre bout du fil, gaillard.

— Si tu savais comme ta mystérieuse blonde m'a obsédé, B. J'ai même rêvé d'elle deux nuits d'affilée. Mais comme tu es dans un tribunal, je te passe les détails de ce qu'elle m'a fait subir avec ses talons rouges...

— Clo, je n'ai pas le temps de rire. Viens-en au fait.

— Ne sois pas impatiente. Je te rejoins au cabinet dans une heure, tu vas voir tu ne seras pas déçue.

Quand Clotaire arriva, ils s'enfermèrent dans son bureau. Il avait un air étrange, mêlé de suffisance et de quelque chose d'autre qui l'inquiéta. Il observait le pansement qui recouvrait son pouce droit.

— Tu devrais tenter la méditation, B. Essaie Deepak Chopra, il fait des miracles.

Elle lui jeta un regard noir en guise de réponse.

— Je t'écoute.

— Bon, tu sais comme je déteste qu'une équation me résiste ? J'ai donc passé des heures, que je te facturerai, à réfléchir à ton affaire. J'ai fini par faire la chose la plus basique du monde, je ne sais pas pourquoi je n'y ai pas pensé plus tôt. Tu ne devines pas ce que c'est ?

L'avocate fit non de la tête.

— J'ai consulté un ami qui s'appelle Google. J'ai tapé un truc à la con. Je crois que c'était : « blonde aux talons rouges » en y associant le nom du type « Gérard Hugues » et tu ne devineras jamais ce que mon ami m'a révélé.

— Parle, Clo, j'en peux plus de ce suspense !

— Bon, comme tu me fais pitié, je te livre la chute de l'histoire. Mais je te préviens, accroche-toi à ta chaise, ça va faire mal. Hugues et Patrick ont fréquenté le même lycée. En fait, ils se connaissaient.

Béatrice émit un ululement incontrôlé.

— Oui, c'est chaud, confirma-t-il. En fait, je suis tombé sur le blog d'un type qui a choisi, va savoir pourquoi, de faire un site juste pour mettre en scène ses soirées en tout genre. Et il aurait assisté il y a trois ans à une rencontre des anciens d'une association qui s'appelle… « l'AA » quelque chose …

— L'AAELLG, c'est l'association des anciens élèves de Louis-le-Grand, compléta-t-elle, ébranlée. Je devais y aller avec Patrick mais j'ai dû me décommander à la dernière minute à cause d'une audience.

— Tu permets, lança-t-il en se levant, je vais te montrer le site. Tu vas tout comprendre.

Béatrice lui céda la place. Le médecin légiste se rendit sur le blog d'un obscur Éric qui portait la lettre J suivie d'un point en guise de patronyme. Il s'affichait comme un paon aux côtés de célébrités dans des soirées huppées situées aux quatre coins de la planète. Il lui présenta une page où le jet-setteur évoquait un événement des anciens du lycée Louis-le-Grand auquel il avait assisté en compagnie « d'amis puissants », se vantait-il. Pour illustrer son propos, il avait posté une vidéo. On y voyait Gérard Hugues debout devant une estrade, face à un micro. Le tout était complété par une photo illustrée d'un texte : « Éric J. entouré de ses amis d'enfance, les magnoludoviciens avec lesquels il a fait les 400 coups à LLG ! À sa gauche : Patrick Cooper, PDG du géant pharmaceutique Merculix (France), et Gérard Hugues, PDG de Medical Survive (France). À sa droite, deux ravissantes blondes : Audrey Rosa, directrice générale de la Licorne, Book Riviera, nouvellement cotée en Bourse, et Nathalie Gérard, chercheuse et autrice du best-seller *Votre santé vaut des diamants* vendu à 2 000 000 d'exemplaires à travers le monde ».

Béatrice étudiait l'écran, blême.

— Tu vois, l'une de ces deux blondes pourrait être la nôtre, indiqua Clotaire, en pointant la photo.

Il jeta un coup d'œil à son amie et vit des gouttes de sueur se former sur son front.

— Ça va B. ?

— Je vais aller m'asseoir, si tu permets. Sinon je risque de te dégueuler sur la tête.

— Je suis vraiment désolée, j'aurais préféré avoir tort sur Patrick.

« Menteur », songea-t-elle en se traînant vers un des fauteuils de son bureau. Clotaire ne fut pas désolé longtemps et reprit les rênes de l'enquête.

— Il faut qu'on sache si l'une de ces deux femmes est nos « talons rouges ». Je parierais sur celle qui s'appelle Nathalie Gérard. Je la visualise bien avec des talons aiguilles. En plus, j'ai découvert qu'elle avait écrit plusieurs articles qui encensent les produits de Merculix.

Il se tourna vers Béatrice. Elle semblait en lutte contre des démons invisibles.

Il eut pitié d'elle et vint s'accroupir à ses pieds.

— Je sais que c'est dur, mais un peu de courage B., on va bientôt avoir le fin mot de l'histoire.

Elle acquiesça, avec peine.

— Envoie les deux photos des blondes à Mme Sylla et demande-lui si l'une des deux correspond à celle qu'elle a croisée dans le cabinet de son mari. OK ?

Le médecin légiste réalisa deux captures d'écran et Béatrice les envoya à Fatoumata. Après avoir fini sa courte conversation avec celle-ci, elle contempla son ami.

— Tu as gagné ton pari. Notre blonde est Nathalie Gérard.

New York, 20 décembre 2018, 9 heures

Elle venait de poser une jambe au galbe parfait hors d'une berline noire stationnée devant l'entrée d'un palace. Le pied fin qui terminait cette longueur magistrale était habillé d'escarpins rouges aux reflets envoûtants dénommés « So Kate » par son créateur. Épurée, au bout pointu, So Kate affichait un talon vertigineux. Deux portiers, hypnotisés par cet arpion miraculeux, se précipitèrent en se bousculant pour accompagner la descente de la déesse à qui il appartenait. Le plus chanceux réussit à lui empoigner la main qu'elle tendait et la conduisit en souriant de toutes ses dents jusqu'aux portes de l'hôtel. Elle traversa d'un pas majestueux, perchée sur ses échasses, le vaste couloir menant au lobby. Elle pénétra ensuite dans l'ascenseur.

Elle se présenta devant le 666 et toqua trois coups. Ce ne fut pas le visage du diable, mais celui de Patrick qui se dessina dans la pénombre de la chambre. Sans prononcer de mot superflu, elle se jeta sur ses lèvres dans un élan où se mêlaient folle passion et plate dévotion.

— J'ai envie de toi, susurra-t-elle à son oreille en repoussant la porte de son escarpin.

Elle vola sans attendre de réponse vers le lit et, d'un geste éclair, ôta son imperméable. Elle lui laissa un instant pour caresser des yeux son corps svelte, moulé dans une divine robe noire qui laissait peu de place à l'imagination. Elle souleva celle-ci et fit glisser, le long de ses jambes, un string en dentelle rouge qu'elle dégagea de son talon. Il était resté immobile, le visage à moitié éclairé par un filet de lumière. Elle le regarda avec délectation déglutir, malgré lui, de concupiscence. Comme il tardait à se lancer, elle se jeta sur lui et l'attrapa par le col.

— Tu m'as l'air tendu. Je suis venue te détendre.

Elle posa sa main sur la bosse qui s'était formée tel un roc sous son caleçon.

— Nath, je ne suis pas d'humeur, lâcha-t-il en se dégageant.

Il alla s'asseoir sur le lit et prit son téléphone.

— Excuse-moi, je dois rester concentré sur ma réunion de tout à l'heure.

Elle vint à lui et chercha son regard en lui caressant les cheveux.

— Tu sais que je t'aime ?

Patrick détourna les yeux en feignant de fouiller dans son appareil.

— Ça viendra. Je t'attends depuis trente ans. Je peux attendre encore.

Il continua de scruter son portable.

— Tu as eu ta femme ?

— Oui.

— Elle est toujours étrange ?

Il opina.

— Elle me cache quelque chose. J'espère juste que ce n'est pas ce que je crois.

— Je ne vois pas pourquoi tu t'inquiètes tant, surtout que Sylla est dans le coma. On a définitivement tué le problème, il ne pourra bientôt plus causer qu'avec les morts.

— Justement, il n'était pas censé être mort ? répondit-il en la toisant.

— Vois ça avec Peter. Je n'étais pas chargée de cette partie. Mais ne t'en fais pas, chéri. C'est un vieillard, il ne se réveillera pas.

Elle prit sa main et la glissa entre ses cuisses.

— Tu sens comme j'ai envie ?

Il la retira en se levant d'un bond.

— Nath, putain à la fin ! T'es une vraie nympho, c'est pas possible ! Je t'ai dit que ce n'était pas le moment ! Je dois peaufiner ma présentation de tout à l'heure et là, tu ne m'aides pas ! Si tu as le feu au cul, New York est rempli d'hommes que tu n'auras pas besoin de supplier pour qu'ils te baisent !

Elle encaissait ses paroles, recroquevillée dans la pénombre. Elle était confuse, avec cette robe relevée, offrant son sexe à la vue d'un homme qui n'en voulait pas. Elle ne savait quelle contenance adopter. Elle se sentit soudain comme une moins-que-rien, sous le crachat de cet être qu'elle adulait. Malgré sa cruauté elle ne parvenait pas à le détester. Elle s'accusa même de l'avoir poussé dans ses retranchements. Elle baissa sa robe et chercha des yeux son string. Ses yeux se remplirent des larmes qu'elle avait tenté de refouler. Il revint s'asseoir près d'elle et l'enlaça.

— Excuse-moi, ma belle. J'suis un salaud. Je ne pensais pas ce que j'ai dit.

Il lui embrassa la tête.

— On se voit ce soir, OK ? Tu remettras ta petite culotte rouge, j'ai envie de la sentir, lui glissa-t-il à l'oreille.

Elle acquiesça en lui décochant un sourire qu'elle alla chercher au fond de ses tripes.

Après son départ, Patrick s'apprêta, liquéfié par l'enjeu de la réunion qui se profilait devant les « Charognards », comme il surnommait les dix plus gros bailleurs de fonds de Merculix. Ces démons aux dents acérées auraient préféré déclencher une guerre nucléaire totale plutôt que de voir un seul morceau de leur rente annuelle rognée par le scandale du Vacanix. Cette boîte de Pandore menaçait un édifice déjà fragilisé par d'énormes investissements. Il leur fallait un nouveau blockbuster et Patrick y travaillait d'arrache-pied. Le DG français venait de rejoindre les principaux membres de l'équipe de direction dont la tête était mise à prix, dans la salle de réunion de crise. Des poignées de main se succédaient, rapides et froides. L'odeur de sang embaumait la pièce. La sacro-sainte « rentabilité » imposait des prises de risques et un choix avait été opéré concernant le Vacanix. Ces effets délétères ne pourraient être contenus qu'à la faveur d'une stratégie finement organisée. Peter Johnson, le CEO du groupe, y consacrait son temps. Il en avait écarté plus d'un, grâce à sa capacité à trancher dans le vif.

C'est lui qui introduisit la réunion devant un parterre aligné genoux serrés et bras croisés, des lance-roquettes à la place des yeux. Mais il en avait vu d'autres. Ce Californien au teint hâlé et aux cheveux précocement poivre et sel était féroce. Il pouvait se vanter, à 42 ans, d'être déjà assis sur un nombre impressionnant de cadavres. Froid et impitoyablement intelligent, il ne tirait qu'à balle réelle et ne manquait jamais sa cible.

— Nous avons, il y a quelques années, fait le choix de suivre une stratégie dont nous avions ensemble soupesé et accepté les risques.

Un Charognard, furieux, l'interrompit aussitôt.

— Le Fonds Gregor n'a pas été informé, ni n'a validé cette stratégie suicidaire ! Vous n'êtes qu'une bande de pompiers-pyromanes ! Vous montrerez moins les dents quand j'aurai votre tête, Johnson !

Peter marqua un temps d'arrêt.

— Monsieur Gregor, laissez-moi poursuivre. Je serai ravi de vous répondre tout à l'heure. Comme je vous le disais, le risque s'étant malheureusement produit et nos avocats étant très pessimistes sur la suite des événements, les membres du board et moi-même proposons d'ouvrir les négociations avec les plaignants afin d'éviter la tenue de procès néfastes pour notre image.

Un autre Charognard au visage bouffi de rage intervint.

— Avec tous les plaignants ? Vous avez perdu la tête ? Vous voulez nous mener à la ruine ? Je suis d'accord avec Gregor, peut-être qu'il est temps de faire un peu de ménage ici, en commençant par le haut des étages, si vous voyez ce que je veux dire !

— Monsieur Sanders. Pour une sortie rapide de cette crise, il est indispensable d'inclure tous les plaignants.

— Combien de plaintes ont été déposées à ce jour ?

— Environ 2 500, mais d'autres devraient suivre, répondit Johnson sans se démonter. L'idée est de contenir au maximum l'envolée des réclamations, en incitant les plaignants à négocier grâce à la promesse d'un beau chèque plutôt que se lancer dans une procédure que nous mettrons, évidemment, tout en œuvre pour rendre la plus longue et coûteuse pour eux.

— Arrêtez vos blablas, on veut des chiffres ! Ça va nous coûter combien ?

— Nous pensons ouvrir une enveloppe comprise entre 2 milliards et 4 milliards de dollars dans le cadre des transactions avec les plaignants et d'environ 300 millions avec la FDA. Ces montants nous paraissent raisonnables et réalistes. Ils sont certes importants, mais je vous rappelle qu'ils demeurent très en dessous du gain que nous avons réalisé sur le Vacanix, évalué à plus de 40 milliards de dollars, et dont vos poches ont toutes reçu les considérables dividendes sans poser de question.

Johnson marqua une pause pour savourer la confusion qui se lisait sur les faces grasses et transpirantes qui l'observaient.

— Si vous le voulez bien, nous prendrons l'ensemble des questions à la fin des exposés. Je vais laisser la parole à Patrick Cooper, dirigeant de la filiale française chargée des travaux sur le Linosa, dont les tests ont donné des résultats extrêmement prometteurs.

Peter adressa à Patrick un regard d'encouragement pour accompagner sa montée sur l'estrade. Le DG semblait moins à son aise que son chef. Il apparut les tempes luisantes, le nœud qu'il avait dans la gorge menaçait de l'étouffer. Il jeta un coup d'œil furtif à l'assemblée et sentit la cible qui se formait sur son front. Sa tête serait peut-être la première à sauter. La voix fébrile, il entreprit sa présentation.

— Comme vous le savez, le brevet du Meltix arrive à échéance en 2026. Si nous sommes déjà en train de travailler sur le générique pour éviter toute concurrence, nous devrions diviser par vingt notre chiffre d'affaires sur ce médicament. Afin d'anticiper le manque à gagner, nous travaillons, depuis six ans, sur une nouvelle génération d'anticancéreux : le Linosa.

Muni d'une minitélécommande, Patrick faisait défiler des slides sur un écran géant pour agrémenter son discours. Il s'exprimait en évitant le regard des Charognards.

— Je ne vous apprends rien, le cancer est la première cause de mortalité dans les pays riches et pourrait devenir la principale cause de décès dans le monde, dépassant les maladies cardiovasculaires. Les prochaines années verront l'apparition de nouvelles classes de médicaments et de…

L'assemblée le reluquait comme une viande avariée. Certains bâillaient ou chuchotaient à l'oreille de leur voisin. Il devait aller droit au but.

— Nous sommes fiers de vous présenter Linosa, qui constitue une véritable innovation dans le champ de l'oncologie. Comme vous pouvez l'observer sur ce tableau, les premiers résultats des essais cliniques sont exceptionnels. Linosa est en passe de constituer une avancée thérapeutique majeure, notamment pour les cancers du sein triple négatif. Ce traitement, qui repose sur une évolution technologique forte, va nous ouvrir des horizons financiers jamais égalés.

Les traits tirés se muaient peu à peu en sourires discrets, et les questions commencèrent à affluer. Patrick, qui avait retrouvé tout son flegme, répondait avec aisance.

— Les essais cliniques sont actuellement en phase trois et les résultats du Linosa démontrent qu'il présente une réelle avancée thérapeutique avec peu d'effets secondaires constatés.

Une question fusa dans la salle.

— À combien est évalué le coût du Linosa en recherche et développement ?

— Le coût prévisionnel tournerait autour de 1,6 milliard de dollars. Mais comme vous pouvez le lire, le chiffre d'affaires prévisionnel devrait se situer autour de 20 milliards de dollars par an sur une période de dix ans, soit de loin notre meilleur investissement.

Les Charognards, subjugués par le nombre de milliards qui défilait sous leurs yeux, secouaient la tête en additionnant les zéros. Certains s'autorisèrent même à applaudir. Patrick conclut sa présentation fier comme s'il venait de décrocher une médaille.

La jubilation du DG fut malheureusement de courte durée. Quelques jours plus tard, assis sur le lit de sa chambre d'hôtel, il écoutait Nathalie lui annoncer, avec un extraordinaire détachement, que la police voulait l'entendre dans le cadre de l'affaire Sylla.

— Ne t'inquiète pas, le rassurait-elle. Crois-moi, s'ils avaient le moindre élément, ils ne m'auraient pas prévenue et ils m'attendraient à l'aéroport avec les menottes ou un mandat d'arrêt international ou je ne sais quoi. Là, ils m'ont juste dit qu'ils voulaient m'entendre comme témoin. Je ne suis convoquée que pour une banale audition.

Il la dévisageait, déconcerté par son calme.

— Mais pourquoi, soudainement ? Tu ne trouves pas bizarre qu'ils souhaitent t'entendre maintenant et que, comme par magie, je ne parvienne plus à avoir une conversation avec ma femme ?

Tout en parlant, il s'agitait devant une Nathalie qui continuait de l'observer, sereine.

— Ils ont dû découvrir que je connaissais Gérard. Ça n'était pas un secret qu'on avait gardé des liens. Il me suffira juste de le confirmer. Le fait que je le fréquente ne veut rien dire. Et je te signale qu'il y a quatre autres victimes auxquelles personne ne peut nous rattacher.

Il se mit à arpenter la chambre, la chemise déboutonnée et la main sur le front.

— Je ne le sens pas, Nath, lança-t-il en secouant la tête.

Elle vint se planter devant lui.

— Mon amour, regarde-moi. Calme-toi, s'il te plaît. On dirait un névrosé. C'est en paniquant qu'on risque de se faire prendre. Je ne répondrai strictement qu'aux questions qu'ils me poseront sans développer quoi que ce soit. Fais-moi confiance, tout est sous contrôle.

Police judiciaire de Paris, 3 janvier 2019, 9 heures

Nathalie venait de franchir les portiques de sécurité du « 36 ». Elle avait atterri trois jours plus tôt en vue de cette audition. Elle avait dû faire montre d'efforts prodigieux à l'aéroport pour calmer Patrick avant son décollage. Elle aimait cet homme, mais il était d'une faiblesse pitoyable. Heureusement que c'était elle qui devait subir cette audition, autrement il les aurait tous perdus. Elle avait parcouru son dressing à la recherche de la tenue adéquate. Après avoir hésité entre un pantalon et une jupe, elle avait opté pour un tailleur noir près du corps laissant découvrir le galbe de ses hanches. L'idée n'était pas de tourner la tête à l'officier de police au point de lui faire oublier ses questions, mais de mettre toutes les chances de son côté.

Elle fut reçue par un policier du nom de Sandro Vilola qui la conduisit dans une salle d'audition accompagné de deux autres officiers. Le brigadier la fit s'installer sur un siège noir face à une table blanche. Elle chercha dans ses yeux une lueur d'émotion quand elle laissa tomber avec délicatesse son manteau. Mais il ne lui concéda qu'un regard froid. Il ne lui restait qu'à dérouler ses réponses en étant convaincante. Elle arbora un sourire charmeur, et croisa ses gambettes.

Après lui avoir demandé de jurer de dire *la vérité, toute la vérité*, et rappelé qu'en tant que témoin elle n'avait pas le droit de garder le silence et devait répondre aux questions posées, le brigadier commença l'audition. Quand il lui demanda si elle connaissait Gérard Hugues, Nathalie le confirma. Ils avaient tous deux fréquenté le lycée Louis-le-Grand et avaient gardé des relations amicales après leurs études. Elle indiqua également que s'il l'avait informé de son cancer, elle ignorait qu'il était suivi par un marabout. Pensant avoir fait le job, elle regarda sa montre et fit mine de se lever.

— Vous avez encore beaucoup de questions, monsieur le policier ? J'ai un rendez-vous dans une demi-heure.

Il lui répondit en fixant son écran.

— Ne vous inquiétez pas, madame, nous avons bientôt terminé.

Puis il lui demanda tranquillement :

— Où étiez-vous le jeudi 7 décembre 2017 à 19 heures ?

La sueur couvrit son front. *Pourquoi cette question ?* Elle regarda le brigadier, l'air perdu.

— Vous m'avez entendu madame Gérard ? Où étiez-vous le jeudi 7 décembre 2017 à 19 heures ?

— C'est juste que ça fait un an, je ne me souviens pas précisément. Vous savez, je voyage beaucoup, donc je ne peux vous dire cela comme ça.

Le brigadier continua de la dévisager avec insistance.

— Laissez-moi consulter mon agenda, si vous le permettez.

Elle sortit son téléphone portable et se mit à faire défiler le calendrier pendant que le brigadier l'observait, patient. Elle croisa son regard. Il semblait disposé à attendre toute la journée s'il le fallait.

— Je ne vois pas de rendez-vous particulier. Donc je devais être chez moi, à mon domicile.

Sandro lui jeta un coup d'œil mystérieux, puis tourna l'écran qui était posé sur la table vers elle.

— Je vais à présent vous montrer quelques images. Vous me direz si vous reconnaissez les personnes qui y figurent.

Nathalie était troublée. Elle ne voyait pas où il voulait en venir. Lorsqu'il appuya sur « lecture » et que la vidéo se mit en marche, elle crut mourir l'espace d'une seconde. Les images floues du couple provoquèrent une tempête dans son esprit. Elle sentait le regard de l'officier transpercer l'ordinateur derrière lequel il s'était réfugié pour mieux la guetter. Elle comprit alors que si elle ne résistait pas sur-le-champ à la panique qui l'envahissait, tout serait perdu.

— Reconnaissez-vous les personnes sur cette vidéo, madame Gérard ?

Il la regardait, les mains jointes sur la table. Nathalie restait muette. Cette audition commençait à prendre des allures d'interrogatoire en règle. Elle répondit d'un ton qu'elle tenta de rendre le plus direct et limpide.

— Non, je ne reconnais pas les personnes sur cette vidéo.

— Diriez-vous que l'homme présent sur cette vidéo ressemble à M. Hugues ?

— Je ne peux pas le confirmer. Les images sont extrêmement floues.

— Avez-vous déjà vu M. Hugues porter une tenue comparable à celle de la vidéo ?

— C'est possible. Beaucoup d'hommes sont habillés de cette façon.

— Avez-vous déjà porté une tenue comparable à celle de la femme sur la vidéo ?

— Non, je ne crois pas.

— Cela signifie que vous n'avez pas de manteau de couleur rouge et de sac blanc, c'est bien ça ?

Elle le fixa droit dans les yeux.

— Non, je n'ai pas de tenue de ce type.

— Très bien. Je vous remercie, madame Gérard.

— Nous avons terminé ?

— Oui, très bientôt. J'aurais encore une dernière question, si vous me le permettez.

Elle se demandait quand cette épreuve s'arrêterait.

— Mme Fatoumata Sylla, une des épouses de M. Sylla, affirme vous avoir vue dans le cabinet de M. Sylla se situant au sous-sol de son domicile, le lundi 5 décembre 2017 aux alentours de 10 heures avec M. Hugues. Que pouvez-vous dire de cette affirmation ?

Nathalie comprit qu'elle devait sans doute attribuer l'origine de sa présence devant ce tortionnaire à Fatoumata. Elle n'aurait jamais imaginé que cette femme serait en mesure de la reconnaître, compte tenu de la brièveté de leur rencontre. Elle lui répondit sans hésitation.

— Je ne connais pas cette dame. Je ne l'ai jamais rencontrée et ne me suis jamais rendue chez M. Sylla.

Son opinion faite, le brigadier Sandro se redressa et conclut en souriant.

— Très bien. Nous avons terminé. Je vais vous demander de relire votre témoignage et de le signer si vous en êtes d'accord.

Elle relut le procès-verbal et le signa. Le brigadier, qui s'était absenté, revint une demi-heure plus tard, alors qu'elle commençait à s'impatienter, pour lui notifier son placement en garde à vue afin de permettre l'exécution des investigations impliquant sa présence ou sa participation aux assassinats des cinq victimes dans le cadre de l'affaire Sylla.

4

Police judiciaire de Paris, le même jour, 13 heures

Nathalie fut placée au cinquième étage du « 36 » dans la cellule numéro 540 pour une durée minimum de vingt-quatre. Avant de la coffrer, le détestable brigadier lui avait glissé qu'il pouvait prolonger son calvaire jusqu'à quarante-huit heures s'il le jugeait nécessaire. Tout dépendrait de sa propension à l'épauler dans la compréhension de son implication dans l'affaire. Il s'était aussi empressé de lui proposer un avocat commis d'office ajoutant qu'ils étaient « très compétents et rompus à la procédure pénale ». Elle lui avait ri au nez en lui demandant s'il la prenait pour une demeurée et avait fait contacter un de ses amis, Me Benjamin Leloup. Elle lui faisait toute confiance pour recommander un confrère de son choix pour sa défense.

Elle avait dû se soumettre à une fouille au corps et tout – hormis son tailleur – lui avait été confisqué, y compris son soutien-gorge. Une fois qu'elle fut arrivée dans le trou à rat de sept mètres carrés qui lui servirait d'habitat provisoire, la seule chose qui l'avait empêchée de se rouler au sol de désespoir avait été le refus d'offrir au brigadier le plaisir de ses larmes. La cellule comportait une façade vitrée sur toute sa largeur et un bat-flanc en béton équipé d'un fin matelas recouvert d'une housse en plastique. Debout contre le mur, elle observait le coin sanitaire. Il était séparé par un muret supposé dissimuler l'essentiel quand il vous prenait l'envie de vous soulager, mais sans papier toilette : il fallait héler le surveillant. Elle leva les yeux vers la caméra qui surplombait la porte en plaignant le type qui devait profiter de ce moment d'abandon. Elle se demandait quel grain de sable avait « pu enrayer la mécanique d'une affaire aux issues jusqu'ici maîtrisées ». Elle se mit à marcher, hantée par la vidéo que lui avait présentée le brigadier. Ces images sur lesquelles elle était pourtant à peine reconnaissable avaient sans doute contribué à creuser sa tombe. *Comment avaient-ils pu remonter jusqu'à elle ? Disposaient-ils de plus d'éléments ?* Elle aborda sa situation comme une partie de poker, jeu dans lequel elle en avait usé plus d'un. Une des qualités qui lui procuraient souvent un avantage sur ses adversaires était sa capacité à garder son calme et à rester logique en toute situation. Une autre était qu'elle savait distinguer les cartes déjà en jeu de celles dont on ne pouvait avoir la certitude qu'elles le fussent : soit parce qu'elles étaient parmi les cartes encore à distribuer, soit parce qu'elles étaient entre les mains de ses adversaires. Elle appréciait cette idée qu'*au poker ce qui compte, ce n'est pas le jeu que tu as en main, mais le jeu que ton adversaire se figure que tu as*. De toute évidence, il lui sembla que si le policier avait eu des preuves indiscutables, sa mise en cause aurait été immédiate. Après un moment à retourner le problème en tout sens, elle en conclut qu'il bluffait.

Assis devant son ordinateur, Sandro avait conscience qu'il jouait à quitte ou double. Même s'il n'avait pas senti cette racoleuse dès qu'elle avait mis le pied dans la salle d'audition, il demeurait convaincu que le coupable reposait à l'hôpital, dans le coma. Il lui fallait, sur la base des éléments en sa possession, déterminer si elle était mêlée de près ou de loin à cette affaire. Son instinct le poussait à le croire. Mais il ne serait fixé de manière définitive qu'en jouant finement. Cette femme semblait redoutable. Il avait reçu du juge d'instruction une commission rogatoire l'autorisant à perquisitionner son domicile, ce qui permettrait de vérifier ses déclarations.

Lorsqu'ils arrivèrent en compagnie de Nathalie dans son appartement de quatre pièces situé boulevard Saint-Germain, tout fut fouillé de fond en comble. Comme elle s'y attendait, les officiers s'intéressèrent surtout à ses penderies, placards et dressings. Après avoir saisi une paire de bottines noires, son ordinateur portable et une clé USB, ils tombèrent sur un sac à main blanc que le brigadier s'empressa de lui présenter, en lui posant cette même question pour la énième fois :

— Madame, ceci vous appartient-il ?

Elle l'observa en ne faisant aucun effort pour dissimuler son agacement.

— Combien de fois comptez-vous me poser cette question ? Oui, il est à moi, comme tout ce qui se trouve dans cet appartement.

— Madame, nous ne faisons que notre travail, ne vous en déplaise.

— Je vous en prie, faites donc, murmura-t-elle, entre ses dents, en lui tournant le dos.

Puis elle vit les officiers se concerter. Il n'était pas très compliqué de deviner ce qu'ils recherchaient depuis plus d'une heure.

Le brigadier revint vers elle, quelques minutes plus tard, le front luisant de transpiration.

— Y a-t-il, madame, d'autres placards ou dressings dans votre domicile ?

Nathalie lui répondit sur un ton glacial.

— Non, tous les placards et dressings sont ceux que vous avez vidés, pour ne pas dire saccagés.

Sandro continuait à fouiller les moindres recoins, sans se préoccuper de sa réponse. Elle perdit patience.

— Monsieur, à moins que je ne possède en plus du reste des talents d'illusionniste, je ne vois pas comment je pourrais vous dissimuler d'autres placards ou penderies. Je pense que vous n'avez pas besoin de lunettes, monsieur Sandro.

Le brigadier se retourna et la toisa. Il regrettait de ne pouvoir lui allonger une gifle. À vrai dire, cette femme l'irritait profondément. Il se résolut à lui répondre en contenant sa colère.

— Bon, nous avons fini.

Dans son bureau, après avoir pris des clichés des effets saisis, le brigadier rédigea, le front plissé, le procès-verbal de la perquisition qui venait d'être réalisée. Il était à présent hésitant sur la suite à donner à la procédure. Il n'avait pas trouvé de manteau rouge, et le sac blanc, à défaut d'autres éléments, était insuffisant pour prolonger la garde à vue de la blonde. Elle était détestable, mais il ne pouvait laisser le sentiment d'antipathie qu'elle lui inspirait prendre le pas sur le reste.

Sa ligne fixe sonna. On le prévint qu'un certain M. Connarre l'attendait.

— Maître qui ? fit-il répéter.

Quand il raccrocha, il regarda ses collègues, égaré.

— L'avocat de la blonde s'appelle Me Connarre.

— Pardon ? interrogea l'officier Larret.

— Tu as bien entendu : Me Connarre.

Le brigadier alla se présenter à Me Connarre. Un jeune trentenaire, grand, brun qui lui sembla être un adepte de la musculation. Il se tenait à l'accueil, fagoté d'un costume moulant qui lui dessinait des biceps impressionnants. L'avocat l'accueillit d'une poignée de main puissante dont Sandro continuerait à sentir la pression longtemps après l'avoir quitté. Le regard froid que Me Connarre lui lança ne laissait rien présager de bon. Ils empruntèrent l'ascenseur jusqu'au cinquième étage et le brigadier le conduisit auprès de la blonde dans l'un des trois bureaux prévus pour l'entretien avec les avocats. Il s'agissait d'une petite pièce comportant une porte vitrée avec un store vénitien intégré, ce qui autorisait la surveillance du personnel depuis le couloir.

Quand Me Connarre pénétra dans le bureau, Nathalie se leva de sa chaise et s'avança vers lui.

— Bonjour, madame Gérard, je suis Me Serge Connarre, je viens de la part de mon confrère, Me Leloup.

Nathalie marqua une petite surprise à l'annonce de son patronyme.

— Je vous précise que c'est « Connarre » avec deux « n » et

deux « r ». Ce n'est pas un nom facile à porter, mais je l'assume totalement.

La gardée à vue lui serra la main qu'il tendait. Elle apprécia d'emblée la fermeté de sa poignée de main, reflet d'une personnalité agressive, voire dominatrice. En somme, exactement le type d'avocat dont elle avait besoin.

— C'est parfait. En tout cas, merci, maître, d'avoir accepté ma défense.

— Je vous en prie.

Me Connarre s'assit sur l'une des deux chaises disposées derrière une petite table face à la porte. Le mobilier était scellé au sol, de sorte qu'on ne pouvait les bouger. Il se tourna vers sa cliente et entama, d'un ton direct :

— Nous avons une demi-heure que nous allons tenter d'optimiser. Résumez-moi les détails des raisons de votre garde à vue.

Quand elle eut fini, l'avocat s'étonna.

— Vous voulez dire que vous étiez convoquée comme témoin préalablement à votre garde à vue ? Mais qu'avez-vous dit ou fait qui ait provoqué votre mise en cause ?

Elle prit un air de madone, lui parla de la déclaration de Fatoumata Sylla et de vidéo compromettante en prenant le soin de nier en être l'actrice principale.

— Je vois, répondit Me Connarre.

Puis il la dévisagea, pensif. Appartenait-elle à cette catégorie de clients mythomanes ou devait-il lui accorder le bénéfice du doute ? Il planta ses rétines aiguisées dans les siennes.

— Madame Gérard, je vais devoir vous demander la plus grande transparence. Rappelez-vous que je ne suis là que pour vous sortir de ce supplice. Mon rôle n'est pas de vous juger. Vous me comprenez ?

Elle hocha la tête.

— En retour, je vais donc me montrer extrêmement transparent. Sachez que si, d'aventure, je venais à découvrir que vous m'avez baladé ou fait perdre mon temps, je vous lâcherais sans le moindre remords, et ce quelle que soit l'avancée de la procédure. Est-ce que les choses sont claires entre nous ?

— C'est limpide, maître.

Décidément, elle appréciait de plus en plus cet avocat.

— Alors, primo, était-ce vous sur cette vidéo ? Et secundo, étiez-vous chez M. Sylla comme le prétend son épouse ?

Elle inclina la tête, embarrassée.

— La réponse à ces deux questions est « oui ».

L'avocat ne manifesta aucune surprise, ni signe de jugement. Il poursuivit :

— Très bien. Et que leur avez-vous répondu ce matin ?

— J'ai tout nié, bien sûr.

Il soupira en prenant un ton professoral.

— Avez-vous signé le PV de votre audition ?

Elle avala sa salive.

— Oui, je l'ai signé.

À ce stade, Me Connarre devait procéder à un bref, mais indispensable, rappel du « triptyque de survie du gardé à vue ». Il lui adressa un regard complaisant.

— Je vais vous énumérer trois règles, fondamentales, que vous devrez suivre à partir de maintenant : ne rien dire, ne rien signer, ne rien avouer. Vous me suivez ?

Nathalie acquiesça. Elle était impressionnée par l'aplomb de cet avocat. Me Connarre prit un air plus rassurant.

— Tout n'est pas joué, madame Gérard. Mais retenez que qui dit flics dit emmerdes. Dès qu'ils se pointent, il faut toujours être sur ses gardes. Nous ne savons pas ce qu'ils ont, et à mon avis, ils n'ont pas grand-chose à part une vidéo contestable. Vous allez donc, désormais, vous taire et les laisser s'enliser.

— Très bien, maître, je suivrai vos conseils à la lettre.

— Mais je vous préviens, cette démarche a un coût. Ils vont avoir envie de prolonger votre garde à vue. Il faut que vous soyez prête à l'accepter. Mais ne vous inquiétez pas, on préparera une défense solide plus tard, lorsqu'ils nous livreront toutes leurs pièces.

— Merci beaucoup, maître. Je ne sais pas où tout ça va me mener, mais je vous remercie de tout mon cœur pour ces mots et sachez que j'ai une réelle confiance dans votre capacité à m'aider.

Puis elle hésita.

— Puis-je vous demander un service, maître ?

— Bien entendu, madame.

— Pouvez-vous contacter M. Patrick Cooper ? Je vais vous laisser son numéro de portable. Dites-lui que vous êtes mon avocat et surtout faites tout pour le rassurer sur mon état, s'il vous plaît, maître, pouvez-vous faire ça pour moi ?

— Bien entendu. Ce sera fait. Il n'y a vraiment pas de quoi s'alarmer. Il s'agit d'un membre de votre famille ?

— Non, il s'agit d'un ami qui m'est cher et qui doit être très inquiet pour moi.

Sandro venait de toquer à la porte pour mettre fin à l'entretien. Comme il le redoutait, l'interrogatoire débuta dans une atmosphère *à couper au couteau.* L'avocat avait parsemé sa route d'embûches afin de ralentir au maximum ses avancées dans la compréhension de l'implication de Nathalie dans l'affaire. Elle, si loquace, et surtout quand on aurait souhaité qu'elle se taise, était désormais muette et répondait tel un perroquet «Je n'ai rien à déclarer» à toutes ses questions. Le brigadier s'adressait à elle tout en cherchant les clichés du sac blanc qu'il avait saisi à son domicile.

— Madame, nous confirmez-vous que ce sac est bien à vous?

Nathalie le regarda indifférente et répéta d'un ton mécanique :

— Je n'ai rien à déclarer.

Le brigadier était épuisé. Il s'avachit sur le dossier de son siège, en se frottant les yeux.

— Chère madame, je pense que refuser de coopérer n'arrangera pas les choses. Bien au contraire. Si vous n'avez rien à vous reprocher, pourquoi ne répondez-vous pas simplement aux questions, comme vous l'avez fait ce matin?

Me Connarre intervint avant que sa cliente n'ait pu entonner son refrain.

— Justement, elle a été coopérative et a, de bonne grâce, répondu à vos questions, regardez où ça l'a menée!

Le brigadier fusilla l'avocat du regard.

— Maître, je ne vous ai pas invité à intervenir. Vous pourrez nous faire part de vos observations tout à l'heure.

Votre stratégie n'aidera personne et surtout pas votre cliente, sachez-le !

Me Connarre répliqua sans se laisser impressionner :

— Ma cliente ne vous aidera pas non plus à monter un dossier à charge contre elle !

Le brigadier observait l'avocat en songeant à l'extrême jouissance que lui procurerait le simple fait de lui asséner son poing sur le visage. Mais il était exténué et se contenta de lui demander, comme il était d'usage, s'il avait des observations à émettre.

— J'observerais, tout juste, que vous avez manœuvré pour piéger ma cliente en la faisant faussement auditionner comme témoin, donc sans assistance d'un avocat. Ceci avec pour seul objectif de recueillir des informations afin de compléter votre dossier vide. Ma cliente n'a rien à se reprocher et ne prendra plus le risque de « s'auto-incriminer » en répondant à vos questions !

Il s'apprêtait à rétorquer quand Me Connarre ajouta, en lui exposant ses dents :

— Je peux lire à cet instant dans vos yeux, monsieur Sandro Vilola, que vous vous dites que je porte parfaitement mon patronyme. Rassurez-vous, je ne vous en tiens pas rigueur.

Le brigadier était affligé par l'agressivité de l'avocat qui n'avait d'égale que la profonde antipathie que lui inspirait sa cliente. Aussi, moins par conviction personnelle que par défiance, il sollicita la prolongation de la garde à vue de Nathalie pour vingt-quatre heures supplémentaires.

Fosso & Cie, le même jour, 18 h 30

Côté rue de Courcelles, Béatrice, Clotaire et Fanny, qui avaient plus que contribué à confondre Nathalie, patientaient dans l'attente de l'issue de son interrogatoire. Béatrice tournait en rond dans son bureau, en se retenant d'appeler Sandro. Après l'aide inestimable de Clotaire pour la débusquer, l'avocate avait transmis son identité au juge d'instruction accompagnée du témoignage de Fatoumata qui confirmait l'avoir vue dans le cabinet de Sylla. Estimant que les preuves fournies étaient plus que sommaires pour une mise en cause, le juge avait néanmoins ordonné son audition en tant que témoin. Elle savait que le brigadier demeurait circonspect quant à son implication et continuait de croire dur comme fer en la culpabilité de son client. Mais, pour elle, il était patent que cette femme était responsable des crimes dont on l'accusait. La bonne nouvelle était que Moussa Sylla était sorti du coma. Elle peinait encore à comprendre ses liens avec Merculix. Peut-être pourrait-il bientôt s'en expliquer. Pourtant, depuis qu'elle avait fourni ces éléments déterminants au juge, elle se levait tous les matins avec une boule monumentale dans la gorge. Le gros mensonge qu'elle avait servi à Clotaire y était, sans doute, resté coincé. Dans le récit qu'elle lui avait conté, elle avait interpellé le juge sur le relevé téléphonique de Sylla comportant le numéro de Merculix et joint le lien du blog du jet-setteur et les photos prouvant que Patrick fréquentait tant Hugues que la blonde. Mais l'ignominie était qu'elle en avait été incapable, pas plus qu'elle n'avait eu le courage de l'assumer devant son ami. Clotaire, dans sa vision binaire du monde, se serait empressé de lui présenter le miroir de l'avocate misérable qu'elle était. Elle se sentait minable, mais s'accrochait encore à l'utopie suivante : Patrick était innocent et son implication dans l'affaire trouvait son explication dans un malentendu. En réalité, Béatrice était au cœur d'un formidable conflit d'intérêts qui se couplait d'une névrose. Son surmoi lui recommandait de se déporter du dossier comme l'exigeait la déontologie, mais son désir honteux, refoulé dans les profondeurs de son inconscient, lui criait de protéger son mari, impliqué ou pas dans l'affaire. Elle était miteuse, mais l'essentiel, en définitive, était que Sylla soit libéré. Il le serait si la blonde tombait. Il lui appartenait maintenant de s'assurer que cette chute soit profonde.

— Je vais me rendre à la PJ, j'en peux plus d'attendre, dit Béatrice.

— À mon avis, ça ne sert à rien. Je doute qu'ils te disent quoi que ce soit, Béa, fit observer Fanny.

— Sans doute, mais je ne perds rien à essayer.

Clotaire se leva.

— Je t'accompagne.

Un quart d'heure plus tard, les deux amis se trouvaient à proximité du « 36 », assis sur des plots qui longeaient le trottoir de la rue du Bastion.

— Pourquoi a-t-elle été auditionnée comme simple témoin au départ ? Avec ce que tu as fourni, je ne comprends pas qu'elle n'ait pas été mise en cause tout de suite.

— En effet, moi non plus, répondit Béatrice en détournant les yeux.

La providence vint à son secours et elle vit Sandro pointer son visage carré, un paquet de cigarettes à la main.

— Le voilà, souhaite-moi bonne chance, dit-elle en abandonnant Clotaire.

Elle se dirigea vers le brigadier. Quand celui-ci l'aperçut, il parut surpris.

— Bonsoir maître, vous venez pour une garde à vue ou sortez-vous d'une audience ?

— Non, monsieur Sandro, je venais vous voir, répondit-elle sans hésiter. J'ai besoin de vous parler de manière informelle.

Il semblait pris au dépourvu et ne savait que répondre.

— Vous savez que je ne suis pas autorisé à faire ça, maître.

Il croisa son regard déterminé.

— Je sais. Allez, venez, allons marcher, monsieur Sandro.

Le brigadier se résigna à la suivre. Ils longèrent la rue du Bastion à pas lents et empruntèrent l'avenue de la porte Clichy qui croulait sous des travaux en tout genre. En ce début de soirée, elle était animée par le vacarme des moteurs et des klaxons des véhicules, piégés dans les bouchons. Le brigadier lui lançait des coups d'œil interrogateurs. Il proposa, comme pour briser la glace :

— Cigarette ?

Elle fit non d'un geste de la main.

— Je vous en félicite, mais je n'ai rien d'autre à vous offrir.

Sandro alluma une clope et tira dessus avec rapacité. Il était plus grand qu'elle ne l'avait cru de prime abord. Son cou ratatiné de boxeur le faisait paraître plus petit. Elle se rapprocha en se calant à ses pas. Malgré le mètre soixante-dix-sept de Béatrice, il la dépassait de quelques centimètres. La fumée disséminée par la cigarette du brigadier se fondait dans un nuage confus. Elle lui jeta un regard en coin à travers les émanations de sa torche et se décida à poser la question qui lui brûlait les lèvres.

— Donnez-moi des nouvelles de la garde à vue, demanda-t-elle, sur un ton innocent.

Il prit un air désabusé qui l'inquiéta.

— Dire que ça s'est mal passé serait un euphémisme. On peut difficilement faire pire. Elle était assistée par un type absolument exécrable, le genre d'avocat que l'on ne peut que haïr quand on est flic. En fait, ce monsieur lui a gentiment recommandé de la boucler.

Le visage de Béatrice se crispa.

— Ah, ça, c'est ennuyeux. Quel est le nom de son avocat ?

Il s'arrêta et la regarda, un sourire ironique aux lèvres.

— Vous êtes prête ? Ça risque d'être drôle. Il s'appelle M. Connarre, Serge de son prénom. Sans faire de mauvais jeu de mots, je vous jure que c'est une vraie tête de con et avec un grand « C ».

Les lèvres de l'avocate dessinèrent un sourire amer.

— Effectivement, j'ai eu affaire à lui. Il est coriace. Je comprends, en tant que flic, qu'il ne soit pas votre tasse de thé. Ce n'est pas un mauvais bougre, il a juste une approche particulière de la procédure. Il est insupportable et extrêmement méprisant, mais je l'ai vu faire des miracles en plaidoirie.

Sandro lui parla ensuite de la perquisition en lui disant qu'ils avaient fait chou blanc.

— Il n'y avait pas de manteau rouge ? s'étonna-t-elle.

Sandro secoua la tête.

— Non, ou alors il était ailleurs.

— Écoutez, monsieur Sandro, Mme Sylla a notamment reconnu cette femme à cause du manteau rouge qu'elle portait sur la vidéo. Elle était catégorique sur ce point.

L'officier sembla perplexe.

— De toute façon, Sylla étant réveillé de son coma, il pourra peut-être nous en dire davantage, compléta-t-elle.

Le brigadier soupira et elle sentit qu'il touchait ses limites.

— Maître Cooper, il est peut-être réveillé, mais quand pourra-t-il réellement s'exprimer ? Je veux bien vous croire, mais sans éléments, je ne pourrai pas la garder au-delà de quarante-huit heures, et aucun juge ne la mettra en examen sur la base d'un sac. Nous devrions recevoir le retour des opérateurs concernant ses lignes téléphoniques, s'il n'y a rien de ce côté-là non plus, je crains qu'on ne puisse aller plus loin.

— Monsieur Sandro, vous devez faire votre maximum pour obtenir des aveux de cette Nathalie Gérard. Il serait impensable de relâcher une personne qui était avec une des victimes avant son assassinat, pour en enfermer une autre qui ne pouvait matériellement le commettre.

Le brigadier l'écoutait, mais semblait peu convaincu. Elle hésita à lui parler de la possible implication de Patrick et de Merculix, les mots moururent avant de quitter ses lèvres. De toute façon, compte tenu du maigre élément dont elle disposait, elle allait surtout se décrédibiliser aux yeux de l'officier dont elle commençait à peine à gagner la confiance. Elle le quitta frustrée et pilonna le trottoir en direction de Clotaire, abandonnant Sandro sur l'avenue. Ses yeux se posèrent sur son alliance et elle songea que Patrick avait dû comprendre qu'elle était au courant qu'il était mêlé à toute cette histoire. Il avait cessé de la harceler d'appels. Elle souffla et croisa le regard de son ami.

— Ça va, B. ?

Elle hocha la tête en esquissant un sourire discret. Elle contempla son annulaire gauche, les yeux brillants de larmes, et retira son alliance.

Le lendemain, alors qu'elle commençait à admettre la possible libération de Nathalie, Sandro l'appela. Après une courte introduction qui lui sembla de pure forme, il la pria de passer au « 36 » sans autre explication.

Elle arriva devant la PJ angoissée et se présenta à l'accueil en déglutissant. Le ton de Sandro était péremptoire et elle se demandait s'il n'avait pas découvert les liens de Patrick et de Merculix avec la blonde. Un policier l'accueillit et elle le suivit, les jambes flageolantes. Il ne la reçut pas dans une salle d'audition, mais dans son bureau. Il était installé derrière un ordinateur, les yeux collés sur une montagne de procès-verbaux. Il leva la tête sans un sourire, et retira ses épaisses lunettes aux branches noires quand elle entra.

— Merci, maître, d'avoir fait le déplacement aussi vite.

Elle s'assit et jaugea Sandro, les paumes trempées. Il lui indiqua qu'il avait reçu les réponses des opérateurs téléphoniques. Et qu'en contrôlant les numéros qui apparaissaient à plusieurs reprises sur le relevé de la ligne de Nathalie les trois mois précédant les crimes il s'était avéré que l'un d'eux appartenait à Sylla.

— Ce n'est pas vrai ! s'exclama, Béatrice.

Il fronça les sourcils.

— Attendez, ça n'est pas aussi simple. Si cette ligne est bien enregistrée chez l'opérateur au nom de M. Sylla, elle n'est pas la seule. Cinq autres lignes sont également enregistrées à son nom. Vous me suivez ?

— J'avoue que non.

— Je pense qu'il a plusieurs abonnements à son nom, mais qu'en réalité l'ensemble des lignes ne sont pas utilisées par lui, éventuellement par des membres de sa famille, y compris la ligne dont nous cherchons à identifier le propriétaire.

— Dans ce cas, ça signifierait que Mme Gérard aurait été en contact avec un membre de la famille Sylla qui ne serait pas M. Sylla lui-même ?

— C'est exactement ça. C'est pour cette raison que je vous ai fait venir afin que vous puissiez m'aider à identifier qui utilise ce numéro chez les Sylla.

— Puis-je le voir ?

Sandro lui tendit le procès-verbal comportant le numéro. En le comparant avec ceux qu'elle avait dans son répertoire, elle constata qu'il ne correspondait ni à celui de Sylla ni à celui de Fatoumata. Elle proposa donc de joindre cette dernière pour tenter d'en identifier le propriétaire.

S'il était un élément qu'elle appréciait chez cette femme, c'était son extraordinaire précision. Elle lui affirma, non sans fierté, qu'elle connaissait tous les numéros des membres de sa famille par cœur, y compris ceux de ses amis proches. Elle lui confirma donc de tête l'identité de la personne concernée.

Elle raccrocha, assommée, et lui fallut quelques secondes pour reprendre ses esprits. Le brigadier la regardait, impatient, pendant qu'elle essayait de digérer l'information ahurissante qu'elle venait de recevoir. Sandro la ramena à la réalité avec son ton impérieux.

— Alors, de qui s'agit-il ?

— Monsieur Sandro, il s'agit de Diénéba Sylla, la plus jeune épouse de M. Sylla. J'avoue que je ne comprends pas pour quelle raison elle aurait pu être en lien avec Nathalie Gérard. C'est incompréhensible.

— C'est ce qu'elle va devoir nous expliquer. Je vais demander son placement en garde à vue.

5

Police judiciaire de Paris, le 4 janvier, 10 h 30

— Désolée, maître, je vais devoir vous demander de partir. Ma journée promet d'être un enfer.

Béatrice était toujours dans le bureau de Sandro et l'observait faire des allers-retours. Il avait obtenu le fameux sésame l'autorisant à placer Diénéba en garde à vue.

— Je dois appréhender et entendre Diénéba Sylla avant la seconde audition de Mme Gérard, audition qui ne m'emballe pas spécialement. Pourriez-vous m'apporter votre concours afin que je sois certain que Mme Sylla se trouve bien à son domicile ? Ça me ferait gagner beaucoup de temps, s'il vous plaît.

— Oui, bien sûr. Qu'attendez-vous de moi ?

— Vous pourriez l'appeler, par exemple.

L'avocate hésita. Elle connaissait peu Diénéba Sylla et proposa au brigadier de se renseigner plutôt auprès de Fatoumata en toute discrétion. Quand elle l'appela, celle-ci lui apprit que la famille, dont Diénéba, se trouvait à l'hôpital pour soutenir Sylla, toujours en phase de réveil. En raccrochant, elle visualisa l'arrivée des officiers dans le centre hospitalier en pleine réunion de famille et le drame qui se jouait en coulisse.

— Monsieur Sandro, laissez-moi vous accompagner, s'il vous plaît.

— Chère maître, c'est impossible.

Béatrice se planta devant lui.

— Imaginez dans quel état seront ses proches et l'incompréhension générale si vous débarquez à l'hôpital pour appréhender un nouveau membre de la famille ?

— C'est pour en sauver un autre, répliqua-t-il en se dirigeant vers son bureau.

— Mais ils ne le savent pas ! S'il vous plaît, pensez à eux. Ils en ont trop bavé. Si vous me laissez vous accompagner, je pourrai les calmer et les rassurer. La simple idée de ce qu'ils vont ressentir quand vous allez emmener Diénéba me brise le cœur.

Sandro lui jeta un coup d'œil rapide et continua de se préparer.

— De toute façon, si vous ne m'emmenez pas, je viendrai par mes propres moyens, rétorqua-t-elle en s'emparant de sa veste et de son sac. Vous ne m'empêcherez pas d'y aller.

Le brigadier réfléchit. Après tout, elle pourrait sans doute être utile une fois sur les lieux. Il lui répondit avec fermeté.

— J'accepte, mais à une condition : vous ferez exactement ce que je vous dirai quand nous y serons. Ça vous va ?

— Entendu. Merci monsieur Sandro !

Ils montèrent dans un des trois véhicules banalisés que comportait le convoi de police en partance pour l'hôpital.

Leur voiture était conduite par un officier, qui prenait des contresens en esquivant les obstacles avec l'agilité d'un chat. Quand ils arrivèrent devant l'hôpital, elle s'entendit remercier le ciel à voix haute. Il s'agissait d'un CHU qui abritait en son sein une unité hospitalière sécurisée interrégionale. Bien que se trouvant dans l'hôpital, cette structure de soins spécifique était placée sous la surveillance de l'administration pénitentiaire. Les détenus y étaient hospitalisés dans des chambres sécurisées scrupuleusement fermées de jour comme de nuit. Sandro insista pour qu'elle appelât sans attendre Fatoumata afin que celle-ci fasse descendre Diénéba.

— Mais qu'est-ce que je lui dis ? demanda-t-elle en grimaçant.

L'officier lui jeta un regard impatient.

— Trouvez une excuse, n'importe quoi. Ça nous évitera d'avoir à intervenir dans l'hôpital.

Pour la troisième fois de la matinée, elle appela Fatoumata, afin de la manipuler pour la bonne cause. Elle lui indiqua qu'elle devait voir Diénéba de toute urgence, pour évoquer un problème juridique concernant ses enfants. Quand Fatoumata lui suggéra de monter, elle lui fit croire qu'elle ne souhaitait pas interrompre la réunion familiale. Elle raccrocha et fit signe à Sandro que le tour était joué.

— Vous avez été parfaite, maître, glissa Sandro. On va se préparer pour l'accueillir.

Ils sortirent du véhicule et se postèrent à chaque coin de l'entrée, la main sur leurs armes. Sandro demanda à l'avocate de servir d'appât en restant bien en vue devant la porte vitrée. Elle s'exécuta sans discuter, la mine crispée. Quand

Diénéba franchit la porte automatique le sourire aux lèvres et la fleur au fusil, elle eut à peine le temps de dire « Bonjour maît… » que les policiers lui tombèrent dessus. Béatrice se tapit derrière le brigadier et observa, embarrassée, la scène. Diénéba hurlait à pleins poumons alors que deux officiers la maintenaient pendant qu'un autre lui passait les menottes. Elle croisa son regard rageur et ne put s'empêcher d'y lire le mot « traître ».

Une heure plus tard, installé dans son bureau, le front bouillonnant, Sandro épluchait des documents comportant des informations sur sa nouvelle gardée à vue. Il tentait de cerner son profil avant l'audition. Elle était âgée de 31 ans, était titulaire d'une licence d'histoire et avait épousé Moussa Sylla en 2013 au Sénégal avant son arrivée en France. Le nombre d'années qui la séparait de son époux septuagénaire le stupéfia. Il lui sembla impossible qu'elle l'ait épousé par amour. Tirant les leçons de son expérience laborieuse de la veille, il avait obtenu, comme l'y autorisait la loi en de telles circonstances, le report pour une durée de douze heures de la présence d'un avocat aux côtés de Diénéba. La justification de Sandro tenait en une phrase : « Pour des raisons impérieuses, afin de permettre le bon déroulement d'investigations urgentes tendant au recueil et à la conservation de preuves ». Comptant sur sa solitude face à la pression de l'interrogatoire, il espérait la faire craquer. Elle semblait fragile et apeurée, le total opposé de la blonde. Le brigadier ne s'était pas trompé… mais pour son malheur. À chacune de ses questions, Diénéba répliquait par des pleurs. Au début de son audition, il lui avait tout d'abord offert quelques mouchoirs avant de lui tendre la boîte entière. Il peinait à savoir s'il s'agissait d'une tactique visant à faire traîner la procédure, dans l'attente de l'avocat, ou si elle était en profonde dépression. Il finit par en douter, car lorsqu'elle ne fondait pas en larmes, elle lui répétait qu'elle ne connaissait pas Nathalie Gérard, ce qui l'excédait. Elle était assise, les genoux serrés et les mains entre les cuisses filiformes, et regardait Sandro, effrayée.

— Mais monsieur…Je n'ai rien à voir dans cette histoire… Je ne connais pas Mme Gérard, je vous jure!

Le temps jouant contre les intérêts de l'enquête, et face à l'échec de sa stratégie, le brigadier décida de demander à Béatrice de revenir de toute urgence au « 36 ». Lorsqu'elle s'approcha de la rue du Bastion, elle l'aperçut et comprit à sa mine que les choses ne se déroulaient pas sans difficultés. Elle se posta devant lui pendant qu'il sortait une cigarette de son paquet.

— Maître, je suis dans l'impasse avec Mme Sylla. Après deux heures d'interrogatoire, elle n'a toujours rien lâché. Quand elle ne pleure pas, elle ment. Elle m'a répété en boucle qu'elle ne connaissait pas Mme Gérard. Et vous et moi savons que c'est faux.

Il alluma sa torche en envoyant des volutes sur le visage de Béatrice.

— Qui est son avocat? s'enquit-elle en grimaçant.

— Son bouclier n'est pas son avocat, mais sa comédie de femme éplorée. J'ai demandé le report de l'avocat justement parce que je croyais pouvoir accélérer les choses, mais on dirait que les femmes de ce dossier s'y connaissent en stratégie. Je ne sais plus quoi faire!

Le brigadier semblait au bout du rouleau et il finit sa phrase en hurlant, peut-être contre lui-même.

— Je dois affronter la dame de fer et son avocat, l'autre Connarre, dans deux heures et je n'ai toujours rien !

Elle l'observait en se demandant pourquoi elle était là. Sandro poursuivit.

— J'ai besoin de votre aide, maître.

L'avocate appuya la main sur son front. Elle pressentait que sa demande n'allait pas lui plaire. Il écrasa sa cigarette, se rapprocha d'elle et dit sur un ton confidentiel :

— J'ai besoin que vous lui parliez et que vous l'ameniez à avouer.

— Mais vous ne pouvez pas me demander ça, monsieur Sandro ! Cette femme n'est même pas assistée et vous attendez que je vous aide à violer les droits de la défense ? Ça va à l'encontre de ce que je défends et de la déontologie, je suis désolée, je ne peux pas vous aider ! Et en plus, imaginez qu'elle me dénonce à l'ordre, je risque ma robe !

Sandro s'enflamma aussitôt.

— Et moi alors ? Je n'ai fait qu'agir contre les règles de ma profession avec vous. D'abord, la petite marche mystérieuse d'hier soir…Et puis ce matin quand je vous ai emmenée pour l'interpellation ?

Il s'interrompit puis revint à la charge.

— Et vous vous souvenez, hier, quand vous m'avez dit qu'il était injuste de relâcher une personne coupable pour enfermer un innocent ? Vous voulez que votre client pourrisse derrière les barreaux ? Eh bien, agissez pour que…

— Très bien, je vais le faire !

L'officier la conduisit auprès de Diénéba dans la salle

d'audition. Quand celle-ci la vit, elle s'apaisa en pensant qu'elle venait la représenter. Elle était si perdue qu'elle en oubliait qu'elle s'adressait à la femme qui l'avait livrée aux flics. Mais Béatrice replaça la situation dans son contexte.

— Je ne peux pas être votre avocate, je défends déjà votre mari.

La jeune femme lui jeta un regard désespéré et se renfonça sur son siège. Béatrice ne s'était pas installée que la rivière qui dégoulinait des yeux de Diénéba reprit sa coulée.

— Maître, je n'ai rien fait, je vous jure…

Béatrice la jaugea en se demandant quelle stratégie adopter. Elle réalisait qu'elle ne l'avait jamais vraiment regardée. Diénéba était une très jolie jeune femme svelte aux traits fins. Ne la connaissant pas, elle ne pouvait se prononcer sur son intégrité. Après un moment de réflexion, elle opta pour une transparence acceptable plutôt qu'une comédie coupable. Elle reprit d'un ton très direct.

— Diénéba, le brigadier m'a demandé de venir vous parler afin de vous amener à coopérer, je préfère être honnête avec vous là-dessus.

La jeune Mme Sylla, fixait le sol en remuant nerveusement sa jambe droite.

— Vous me dites que vous n'avez rien fait. Je veux bien vous croire. Mais quelqu'un a fait quelque chose en vous utilisant. Et aujourd'hui, votre mari, et le père de vos enfants, risque injustement de passer le restant de ses jours en prison.

Béatrice fixait la jeune femme, cherchant son regard resté scellé à ses pieds.

— Trouvez-vous juste, après tout ce qu'il a fait pour sa

famille et l'ensemble des personnes qu'il a toujours aidées, qu'il finisse à son âge ses jours dans la solitude ?

Elle prit les mains de Diénéba et un ton proche de l'homélie.

— Diénéba, je sais que vous n'êtes pas une mauvaise personne, mais je pense aussi que, pour la paix de votre âme, vous devez faire amende honorable et prendre vos responsabilités.

La jeune femme se remit à geindre.

— Je ne voulais pas que… ça se passe de cette manière… je ne savais pas que cela irait aussi loin… je m'en veux tellement.

Béatrice posa une main sur son épaule étique et la regarda avec douceur.

— Vous allez pouvoir faire mieux. Parlez à M. Sandro. Racontez-lui ce qui s'est passé, OK ?

Elle sortit et referma la porte derrière elle. Elle tomba nez à nez avec Sandro qui était resté à proximité de la salle. Elle n'eut pas besoin de lui livrer de compte rendu, il avait suivi tout l'échange. Avec assurance, il reprit donc le cours de l'audition. Diénéba avait à présent les yeux secs, à croire que la perspective de se livrer avait suffi à tarir ses larmes.

— Connaissez-vous Mme Nathalie Gérard ?

Diénéba répondit sans la moindre hésitation.

— Oui, je connais Mme Gérard.

— Pouvez-vous raconter dans quelles circonstances vous avez connu Mme Gérard ?

— Il y a quelques mois, ça devait être en avril ou mai de l'année dernière, M. Hugues est venu me voir alors qu'il sortait d'un rendez-vous avec Moussa. J'étais dans la cour avec les enfants. Il m'a donné sa carte de visite en me demandant de le rappeler urgemment, mais surtout de ne rien mentionner à mon mari. Ça m'a un peu surprise, mais c'est ce que j'ai fait. Il m'a proposé de nous rencontrer dans Paris, à l'hôtel Hilton de Saint-Lazare. Et quand je m'y suis présentée, il était avec Mme Gérard.

Sandro la fixa, intrigué.

— Que voulait M. Hugues ?

— Il voulait me présenter Mme Gérard. Celle-ci s'intéressait aux traitements qu'administrait mon mari pour le cancer.

Le brigadier fronça les sourcils.

— Que voulait-elle savoir concernant ces traitements ?

— M. Hugues avait un cancer et était en voie de rémission depuis qu'il était suivi par Moussa. Ils m'ont dit qu'ils souhaitaient faire analyser les traitements afin de connaître leur composition. Ils voulaient que je les aide à s'en procurer.

— Tiens, c'est curieux. Et avez-vous accepté ?

— Oui. J'en ai volé une petite quantité dans le cabinet de mon mari.

— Savez-vous ce qu'ils en ont fait ?

— Non, ils ne m'ont rien dit.

Sandro se gratta la tête. Il comprenait de moins en moins le lien avec les décès. Il embraya.

— Que pouvez-vous dire concernant les décès ?

La jeune Mme Sylla baissa les yeux.

— Je pense que c'est Mme Gérard, qui a tué les personnes.

— Et pour quelles raisons pensez-vous que c'est Mme Gérard ?

— Elle m'avait appelée pour me dire qu'elle avait un rendez-vous avec Moussa. Elle voulait que je vienne les interrompre pendant le rendez-vous en inventant une excuse pour retenir mon mari. J'ai alors fait croire à Moussa que notre fils, le bébé, ne se sentait pas bien. Et je pense que c'est à ce moment-là qu'elle a introduit les poisons dans les traitements de mon mari.

Sandro la dévisagea, déconcerté.

— Pourquoi avoir accepté de faire ce qu'elle vous a demandé ?

— Je lui faisais confiance. Je pensais que, grâce aux recherches qu'elle faisait sur les traitements, nous allions devenir riches. Je ne savais pas qu'elle allait faire ça.

— Quand votre mari a été interpellé, pourquoi n'avez-vous rien dit ?

— J'ai eu peur. Je me sentais coupable. Mais je n'ai rien fait, monsieur l'officier.

— Mme Gérard ou M. Hugues vous ont-ils proposé quelque chose en échange de vos services ?

— Non, rien.

Sandro fut surpris par cette réponse, mais il ne voulut pas insister. L'interrogatoire de Nathalie Gérard s'annonçant, il estima avoir désormais assez d'éléments pour la confondre. L'ensemble des déclarations de Diénéba coïncidait avec les données de sa ligne téléphonique transmises par les opérateurs. Celles-ci indiquaient qu'elle était bien présente au domicile des Sylla le jour mentionné par Diénéba, tout comme elle était aux côtés d'Hugues le soir précédant son décès, ce qui allait à l'encontre de ses dires. Il comptait sur ces preuves indéniables et l'effet de surprise, lors de leur présentation, pour abattre ses dernières résistances et l'amener à avouer.

Béatrice était restée dans l'enceinte du « 36 ». Rassurée sur le bon déroulement de l'interrogatoire, elle souhaitait s'éclipser avant celui, fatidique, de Nathalie. Elle se précipita vers les ascenseurs et s'apprêtait à franchir l'accueil lorsqu'elle aperçut de loin, telle une malédiction, l'homme qu'elle cherchait coûte que coûte à éviter. Paniquée, elle pensa à battre en retraite, mais Me Connarre l'avait vue et marchait déjà vers elle, le sourire aux lèvres. Piégée, elle le regarda s'approcher, contrainte de lui rendre son sourire. Elle détestait cet homme. Il avait la victoire irrévérencieuse et elle, la défaite mauvaise. Elle en avait fait les frais dans un dossier qui les avait opposés deux ans plus tôt au terme duquel ils avaient failli en venir aux mains.

— Bonjour consœur, dois-je appeler mes gardes du corps parce que vous savez que je vais encore vous mettre une déculottée ?

Béatrice continua de sourire en se disant qu'il lui manquait un couteau.

— Bonjour Serge, je vois que vous n'avez rien perdu de votre adorable insolence.

Il éclata de rire.

— Alors on défend toujours les méchants ? plaisanta-t-elle.

— Ils sont tellement plus intéressants que les gentils.

Puis il s'interrompit et demanda, comme s'il venait de réaliser quelque chose :

— Au fait, vous êtes bien l'épouse de Patrick Cooper, si je ne m'abuse ?

Elle remballa son sourire hypocrite.

— Pourquoi cette question ?

— L'actualité sur le Vacanix est brûlante.

— Votre cliente vous attend, Serge.

Elle lui tourna le dos et Serge la regarda franchir les portiques de sécurité, dubitatif. Il réalisait que sa présence à la PJ ne pouvait que concerner leur affaire. Pourquoi était-elle là ? Cette rencontre impromptue ne lui sembla pas de bon augure. Il rejoignit Nathalie. Dès qu'il eut passé la porte, elle s'empressa de l'interroger sur ce qui l'obsédait plus que sa garde à vue : Patrick.

— Je suis désolé, Mme Gérard, je lui ai laissé plusieurs messages, mais il ne m'a pas rappelé.

— Ah, OK. Il doit être occupé. Et puis comme il est à New York, le décalage horaire doit jouer. Il le fera, j'en suis convaincue.

Serge remarqua que son visage s'était assombri et s'interrogea sur la véritable nature de leur relation. Il songea alors à Béatrice et reprit, sans masquer son inquiétude :

— J'ai croisé l'avocate de M. Sylla en arrivant. Et sans vouloir vous alarmer, mon instinct me dit qu'il faut vous préparer à des surprises.

— Vous pensez qu'ils ont de nouveaux éléments ?

— Je ne le pense pas, j'en suis convaincu.

Elle fronça les sourcils, le regard posé sur la porte qui leur faisait face.

— Vous pensez qu'ils ont retrouvé le manteau ?

— Je ne sais pas, mais il faut s'attendre à tout. Où est ce manteau ?

— Je l'ai déposé chez le teinturier.

— Je ne vous ai pas posé la question, mais aviez-vous votre téléphone portable lors de votre rendez-vous chez M. Sylla ou lors de votre soirée avec M. Hugues ?

Elle pâlit et plaqua ses deux mains sur la bouche.

— Oh mon Dieu ! Je n'y avais pas pensé !

Il la regarda, dépité, en hochant la tête.

— Oui, être un bon criminel ne s'improvise pas. Il est fort probable qu'ils aient réquisitionné les données de vos lignes auprès des opérateurs téléphoniques.

Nathalie s'affala sur la table en gémissant.

— Je suis tellement stupide ! Je m'en veux de ne pas avoir anticipé cela ! Mais j'étais tellement persuadée qu'ils n'arriveraient jamais à remonter jusqu'à moi !

Il se rapprocha d'elle et posa la main sur son épaule.

— Ne vous en faites pas, rien n'est perdu. Il faut absolument garder la tête froide. Le brigadier va essayer de vous surprendre et de vous déstabiliser avec des preuves « soi-disant » accablantes, mais rien n'est perdu tant que vous vous tairez. Rassurez-vous, avant l'interrogatoire de première comparution devant le juge d'instruction, nous aurons accès au dossier et préparerons le bon discours et surtout les bonnes réponses à apporter. En attendant, je vous demande juste d'appliquer la même stratégie que précédemment. Entendu ?

Nathalie en bonne élève, avait parfaitement entendu le maître et appliqua à la virgule près ses consignes, au grand dam de Sandro qui termina l'exercice plus déstabilisé que la veille. Préparée mentalement par son avocat, Nathalie avait continué de le malmener. Elle n'avait réagi à aucune de ses preuves accablantes. Seul le témoignage compromettant de Diénéba avait suscité une lueur d'émotion dans son regard. De mémoire d'officier, il ne se souvenait pas avoir eu affaire à une telle personnalité. Après avoir échangé avec le juge d'instruction, Mme Pélagie Firmin, et compte tenu de leurs déclarations contradictoires, cette dernière l'autorisa à confronter les deux femmes en vue de comparer leurs versions des faits.

La confrontation se déroula dans une salle dédiée de la PJ. Diénéba et Nathalie furent installées autour d'une table, à l'opposée l'une de l'autre, leurs avocats à leurs côtés. La jeune Mme Sylla était assistée par une amie de Béatrice, Me Stéphanie Dumas. La règle reposait sur deux points fondamentaux : elles ne devaient jamais se parler directement et ne devaient répondre qu'au brigadier. Diénéba fut la première à s'exprimer. Quand la parole fut donnée à Nathalie, elle se contenta de démentir avec force l'ensemble des déclarations de sa complice. Mais la jeune Mme Sylla, moins accoutumée à la gestion du stress, perdit ses moyens et bondit de sa chaise, sous le regard effaré de son avocate.

— Elle ment ! Elle m'a demandé de lui remettre les traitements de mon mari. Elle m'a aussi demandé de venir l'interrompre et c'est là qu'elle a introduit les poisons qui ont tué ces gens !

Sandro la fusilla du regard.

— Madame Sylla, je vous prie de vous rasseoir, et d'attendre s'il vous plaît que je vous donne la parole.

Puis il fixa Nathalie.

— Madame Gérard, vous confirmez donc n'avoir jamais été en contact avec Mme Sylla ?

— Oui, je la rencontre pour la première fois aujourd'hui.

Le visage de Diénéba s'enflamma de nouveau.

— Elle ment ! Elle m'a même versé de l'argent !

Nathalie explosa à son tour.

— Vous mentez, madame, je ne vous connais pas et je ne vois pas comment j'aurais pu vous verser de l'argent !

Sandro interrompit les échanges. Puis, après une minute de silence complet, redonna la parole à Diénéba qui confirma, sous les yeux atterrés de Nathalie, avoir reçu au titre de ses déloyaux services la somme totale de 200 000 euros. Elle déclara que cette somme avait été virée sur un compte en Irlande, puis transférée ensuite sur un autre, au Sénégal, ouvert au nom de ses parents.

Convaincu de ne pouvoir aller plus loin dans le bras de fer, le brigadier Sandro leva la garde à vue des deux femmes et décida, au passage, d'enfouir Nathalie dans un coin de sa mémoire. Il s'agissait à présent de les déférer auprès du juge Firmin, afin que celle-ci les entende et détermine s'il y avait lieu de les mettre en examen.

Elles furent donc conduites menottées au « dépôt », une zone dite « d'attente gardée », située au sous-sol du tribunal et qui accueillait les personnes déférées des différents commissariats parisiens en vue d'être entendues par un juge. Compte tenu de l'heure tardive, elles y passèrent la nuit dans deux geôles sous vidéosurveillance, l'interrogatoire avec le juge n'étant fixé qu'au lendemain.

Palais de justice de Paris, Paris 17e, 5 janvier 2019

À 9h30, elles rejoignirent, sous escorte policière, les « satellites d'attente gardée ». Ces zones spécifiques étaient placées à proximité des cabinets d'instruction ou du bureau du parquet. Nathalie et Diénéba y restèrent plusieurs heures dans des cellules d'à peine plus de 3 mètres carrés, à regarder les murs. Elles purent, néanmoins, s'entretenir – dans les boxes prévus à cet effet – avec leurs avocats afin de préparer leur interrogatoire. Durant son échange avec Me Connarre, Nathalie se montra inquiète. Mais celui-ci la rassura.

— Ne vous inquiétez pas, vos déclarations tiennent parfaitement la route. Et par chance, Mme Sylla a dit, au cours de cette même journée, tout et son contraire. Pour moi, elle n'est clairement pas crédible et je pense que le juge y sera sensible.

— Croisons les doigts alors.

Puis elle le fixa hésitante.

— Avez-vous eu M. Cooper au téléphone, entre-temps ?

— Non, toujours pas. Je lui ai de nouveau laissé un message hier soir.

Le juge Firmin reçut finalement Diénéba et son conseil à 15 heures. La jeune Mme Sylla entérina l'ensemble de ses déclarations, de même que ses accusations contre Nathalie. Celle-ci prit sa suite une heure plus tard. Elle avait retravaillé son discours, avec l'aide de Serge. Dans le cabinet du juge, elle avait conscience que, si elle ne se montrait pas convaincante, elle perdrait toutes chances de s'en sortir. La femme en face d'elle avait une soixantaine d'années et était rompue aux affaires criminelles. Elle ressemblait à un personnage de romans d'enquête. Il se dégageait d'elle quelque chose d'impitoyable et d'impressionnant. Elle portait de petites lunettes colorées accrochées au bout d'un long nez étroit. Ses cheveux courts, blond cendré, rappelaient son expérience dans les cours des tribunaux qu'elle fréquentait depuis trente ans. Mme le juge feuilletait les procès-verbaux d'audition et jetait à Nathalie des regards par-dessus ses verres. Après l'avoir informée de son droit de faire des déclarations, de répondre aux questions ou de se taire, elle procéda à son interrogatoire.

— Madame Gérard, êtes-vous maintenant décidée à parler ou devons-nous stopper immédiatement cet interrogatoire ?

Nathalie acquiesça. Elle connaissait par cœur ses réponses. Il lui suffirait d'y associer un discours franc et sans ambages. Le juge débuta en lui demandant si elle avait déjà été en contact avec M. Sylla. Nathalie lui jeta un regard humide et le confirma.

— Je me suis rendue chez lui avec M. Hugues, car j'ai été malheureusement victime d'un cancer qui a failli m'emporter, il y a quelques années. Je voulais donc consulter M. Sylla afin de prévenir toute récidive. Je m'y suis également rendue le lendemain.

Lorsque le juge voulut savoir pourquoi elle avait affirmé le contraire, là encore, elle disposait d'une explication toute trouvée.

— Compte tenu de mes activités universitaires reconnues dans le domaine médical et l'ensemble des industries pharmaceutiques pour lesquelles j'interviens, je ne souhaitais pas qu'on puisse m'associer à un marabout. Le préjudice pour moi ou pour mes clients aurait été énorme.

Mme Firmin sembla acquiescer du regard.

— Madame Gérard, votre ligne téléphonique a été en contact avec une ligne appartenant à M. Sylla, mais utilisée par son épouse Mme Diénéba Sylla. Celle-ci confirme vous avoir parlé à plusieurs reprises et vous avoir également rencontrée.

À cette question, Nathalie apporta une réponse ferme.

— Je réfute, catégoriquement, avoir déjà échangé avec Mme Sylla. Je n'ai jamais été en contact qu'avec son époux. Le numéro utilisé est celui avec lequel je communiquais avec M. Sylla.

— Il existe également une vidéo d'une femme avec une des victimes, M. Hugues, le soir précédant son décès. Niez-vous toujours être cette femme ?

Elle répondit sans hésitation.

— Non, madame le juge, il s'agit bien de moi.

— Pourquoi avoir affirmé le contraire devant les enquêteurs ?

— Parce que j'entretenais avec M. Hugues une relation adultérine et j'en ai eu honte. De plus, sa veuve n'étant pas informée, je ne voulais pas salir sa mémoire par cet aveu. D'où ce mensonge, que je regrette profondément.

L'avocat était impressionné par la maîtrise dont elle faisait preuve.

À l'issue de l'interrogatoire, Mme Firmin s'apprêta à rendre sa décision. Elle observait Nathalie dans un silence étourdissant. Celle-ci de son côté semblait déployer la plus grande énergie pour faire bonne figure.

— Au vu des déclarations contradictoires faites tant par Mme Sylla que par vous, madame Gérard, il m'est aujourd'hui extrêmement difficile de démêler le vrai du faux et de savoir laquelle dit la vérité et laquelle a choisi de se réfugier derrière le mensonge. Un homme est aujourd'hui mis en examen dans le cadre de cette affaire, et une justice équitable requiert que je m'assure que nous ne nous apprêtons pas à envoyer devant la cour d'assises un citoyen innocent.

Elle s'interrompit et retourna le document qu'elle avait sous les yeux. La tension était insoutenable, même pour son avocat. La magistrate poursuivit :

— À mon sens, il existe des indices concordants rendant vraisemblable que vous ayez participé aux assassinats de Mme Sonia Bourguiba, Mme Aïssatou Camara, M. Abdoulaye Diallo, Mme Aminata Diawara et de M. Gérard Hugues. C'est la raison pour laquelle j'ai pris la décision de vous mettre en examen, madame Gérard.

L'expression du regard de Nathalie était indéchiffrable. Le juge continua, indifférente.

— En outre, je vous informe saisir, ce jour, le juge des libertés et de la détention afin de demander votre placement en détention provisoire.

Nathalie était immobile, la tête droite. Ses yeux étaient figés sur les taches brunes aux formes arrondies disséminées sur les mains du juge. Elle demeurait comme captive de ces lentigos. Elle se leva après que Serge l'eut réveillée en la secouant par l'épaule. Elle comprenait qu'elle dormirait cette nuit-là, sans doute, en prison.

New York, le lendemain, 2 heures du matin

Patrick était en compagnie de Peter. Celui-ci s'entretenait avec une de ses antennes infiltrées auprès de la PJ. Après avoir raccroché, il regarda son DG avec toute la gravité qu'imposaient les circonstances.

— On m'informe que Nathalie a été mise en examen ainsi que la femme de Sylla. Le juge vient d'ordonner leur incarcération.

Patrick encaissa la nouvelle, les yeux au sol.

— Je me doutais de cette issue.

Peter le fixa de son regard bleu inquiétant.

— Par précaution, le contenu de l'ordinateur portable qui avait été saisi à son domicile a été effacé. La clé USB ne contenait que des photos. Nous devons être extrêmement prudents.

Patrick acquiesça et le CEO poursuivit, sur un ton solennel.

— Comme tu le sais, Merculix est un colosse aux pieds d'argile. Cette affaire pourrait suffire à couler la boîte et nous emporter tous les deux. Patrick, je veux que tu me le dises de manière claire et sincère : tout est cadré de ton côté ou ai-je des raisons de m'inquiéter? Il faut absolument que nous nous préparions à toutes les éventualités et, pour ce faire, il faut agir vite et maintenant.

Il le regarda dans les yeux.

— Tout est parfaitement cadré de mon côté. Tu n'as aucune raison de t'en faire Peter.

Le CEO s'adossa à son siège en cuir.

— Parfait.

Après une longue minute pendant laquelle on n'entendit que le bruit des bureaux voisins, il poursuivit :

— Je sais que Nathalie est forte. Mais as-tu envisagé la possibilité qu'elle craque ?

Patrick le fixa et lui répondit d'un ton glacial.

— Oui, ça a été ma première préoccupation. Mais rassure-toi, si elle craque, elle tombera seule.

6

11 février 2019

Six semaines s'étaient écoulées depuis la mise en détention provisoire de Nathalie. Six semaines d'une descente progressive dans la dépression. À son arrivée, après l'entretien d'installation d'usage, elle avait été isolée des autres détenues du fait de l'association de deux facteurs, au potentiel explosif : la médiatisation de son affaire et sa position sociale. Son nouveau logis ne comportait que le strict minimum : un lit placé le long d'un mur, une penderie et une étagère fixée à la tête de lit. Elle disposait d'un coin repas composé d'une table, une chaise, un petit réfrigérateur et un micro-ondes. La cellule ne mesurait que six mètres carrés auxquels il fallait retirer l'espace destiné aux sanitaires. Des salissures marron émaillaient ses murs et son carrelage. Pour sinistre qu'elle fût, cette cellule ne lui provoqua que peu d'émotion. Dès le deuxième jour, Serge la convainquit de faire appel de l'ordonnance de placement en détention provisoire. Mais en attendant la décision de la chambre de l'instruction, elle devait échapper à l'ennui pour ne pas songer à Patrick et sombrer dans le désespoir. Elle entreprit donc d'organiser ses journées, ne ratant jamais l'occasion de s'inscrire à un atelier et respectant sa promenade quotidienne. Cette routine salvatrice ne tint toutefois que jusqu'au dix-huitième jour. Ce jour-là, Serge lui annonça que les magistrats avaient confirmé son maintien en détention provisoire. Alors, s'amorça une autre phase : *la descente aux enfers*.

À partir du vingtième jour, elle ne ressentit plus l'envie de sortir en promenade. Au vingt-cinquième, elle ne parvint plus à s'alimenter sans être prise de vomissements. Le personnel pénitentiaire la força à voir le médecin de l'unité sanitaire en milieu pénitentiaire de la maison d'arrêt, puis un psychologue. Elle fut alors mise sous surveillance accrue. On frappait à sa porte ou bien on surveillait à travers l'œilleton ses faits et gestes. Les journées finirent par se ressembler dans leur monotonie, vibrant au seul rythme du son des clés des surveillants ouvrant et refermant les portes de l'enfer.

Alors à l'incarcération physique s'ajouta une autre peine plus pernicieuse. Elle était désormais habitée par une détresse sans fin, qui portait le nom de celui qui avait choisi de l'abandonner sans remords à son triste sort. Patrick n'avait pas rappelé Serge. Il ne lui avait même pas accordé une comédie de faux-semblant. Elle se remémorait la première fois qu'il avait franchi la porte de la classe alors qu'ils étaient en seconde. Il s'était assis à côté d'elle et elle ne l'avait plus quitté. À cette époque, déjà, leurs devoirs en commun finissaient par un travail qu'elle devait accomplir seule, mais dont il tirait profit en attirant toute la lumière sur lui sur la base d'un travail pour lequel il n'avait pas fourni le moindre effort. Elle n'était pas dupe sur sa valeur en tant qu'être humain, contrairement à l'adorable ingénue qu'il avait épousée. Elle avait imaginé, entre eux, à tort, un pacte tacite de non-agression.

Dans cette traversée des ténèbres, la perspective de le perdre était le pire. Cette pensée avait ouvert dans son cœur un sentiment de vide abyssal que rien ne parvenait à soulager. Cela provoqua doucement, insidieusement, mais incontestablement, un autre désir : celui de mourir. Elle commença à mettre de côté, un à un, les comprimés que l'infirmière lui administrait. Elle faisait semblant de les avaler, mais les conservait pour le jour où cet appel deviendrait trop assourdissant. Cela se produisit le quarantième jour. Ce matin-là, toute résistance lui sembla vaine. Elle se rendit dans les toilettes, s'assit sur la cuvette, à l'abri de toute surveillance, les comprimés dans la paume de sa main. Elle les contempla, en larmes, durant de longues minutes, sans parvenir à les porter à sa bouche. Elle se leva et se posta devant le petit miroir au-dessus du robinet. Elle se regarda sans se reconnaître. Une femme se tenait de l'autre côté. Une femme qui lui ressemblait, mais qui n'était plus elle. Elle baissa la tête et s'agrippa au rebord du lavabo, submergée par des sanglots si intenses que chaque parcelle de son corps en tremblait. Elle ouvrit la main et fixa les comprimés. Une colère inattendue s'empara d'elle. Elle se retourna et les précipita dans la cuvette des toilettes en poussant un cri de rage. La mort devrait attendre son heure. Si elle était condamnée à traverser l'enfer, elle le ferait debout. Plus tard, dans la journée, elle se rendit à la cabine téléphonique de la maison d'arrêt et appela Serge pour solliciter un rendez-vous.

L'entretien était fixé à 10 heures en ce début de sixième semaine de détention. Installé dans l'espace étroit destiné aux entretiens entre détenus et avocats, Serge l'observait, stupéfait. Seules quatre semaines s'étaient écoulées depuis sa dernière visite et, pourtant, elle était méconnaissable. La personne qui le fixait semblait avoir dix ans de plus et sans doute autant de kilos en moins. La belle femme aux formes athlétiques avait laissé place à un fantôme décharné au visage pâle et amaigri. Il était si choqué qu'il lui fallut un moment pour lui adresser les premières salutations.

— Maître, votre regard en dit long sur ce que vous ressentez en me voyant, lança-t-elle, le prenant au dépourvu.

— Non, pas du tout, je suis juste inquiet pour vous. Vous avez tant maigri, Nathalie. Avez-vous vu un médecin ?

Elle lui adressa un long regard avant de répondre en soupirant :

— Ne vous en faites pas. J'ai traversé le pire, je ne peux que remonter à présent. Avant toute chose, je tenais à vous remercier. Je ne pouvais pas espérer meilleur avocat. Vous avez été exceptionnel dans ma défense, vraiment.

— Je n'ai fait que mon travail, même si le plus dur reste à venir, répondit-il, modeste. Je vous renvoie le compliment. Vous m'avez vraiment impressionné.

— Merci pour ces mots. Je tenais également à vous témoigner ma gratitude pour ne m'avoir jamais jugée, en dépit des actes que j'ai pu commettre. Derrière cette arrogance assumée se cache une belle personne. Je tenais à vous le dire.

Ces remerciements inhabituels commençaient à susciter l'inquiétude de Serge, mais il acquiesça.

— Maître, je viens de traverser les pires semaines de mon existence. Mon apparence n'en est qu'un triste reflet. J'ai dû affronter mes démons, sans doute pour la première fois de ma vie et je peux vous garantir qu'ils ne m'ont pas épargnée.

L'avocat la fixait, ému par ses paroles.

— Jusqu'à présent, j'ai suivi absolument toutes vos directives, toujours excellentes, d'ailleurs. Mais je vais vous demander de redevenir un simple « conseil » et de me laisser prendre la main sur la stratégie à adopter dans cette affaire. En l'occurrence, je souhaite désormais que vous suiviez mes directives et la ligne de défense que je vais vous indiquer. Je sais qu'elle ne vous plaira pas, mais elle n'est pas discutable.

— Ne me dites pas que vous voulez abandonner ?

— Non, je n'abandonne pas. Mais je veux me battre à ma façon. Je veux que vous me laissiez choisir mon sort et mes armes.

Elle lisait dans les yeux de Serge toute la déception qu'il se contenait d'exprimer.

— Nathalie, je vous en prie, ne ruinez pas vos chances, ma plus grande force est de savoir les faire émerger du néant ! Laissez-moi continuer de vous aider.

Elle baissa les yeux, une demi-seconde, puis elle poursuivit en le regardant.

— Maître, comme vous avez dû le deviner, je n'ai pas agi seule dans cette affaire. En réalité, je n'en suis même pas la véritable instigatrice. J'ai été utilisée par des personnes qui profitent, aujourd'hui, paisiblement, du fruit de mes agissements pendant que je croupis derrière les barreaux. Ils ont jugé que j'étais quantité négligeable. Mais je refuse d'être si aisément « sacrifiable ».

Puis elle s'interrompit et posa la main sur son avant-bras.

— Je veux que vous m'aidiez à asseoir ces pourritures à mes côtés devant la cour d'assises !

L'avocat demeura bouche bée. Nathalie reprit sur un ton sans appel.

— Mais d'abord, je dois me mettre à table et raconter ma version de l'histoire. Il faut que vous contactiez le juge d'instruction pour lui dire que je suis prête à passer aux aveux.

Serge vécut cet entretien comme un échec personnel. Il quitta donc Nathalie dans le même état de stupéfaction qu'à son arrivée. Il n'avait pas pour coutume de reconnaître une défaite avant d'être monté sur le ring. Et il détestait, plus que tout, quand cette situation lui était imposée par un client. En temps normal, à défaut d'être suivi, il renonçait sans regret à l'affaire. Mais il était face à une cliente inhabituelle qui le touchait. En réalité, ce qui l'inquiétait était le risque induit par ce choix fondé sur un désir de vengeance. Il se souvenait d'une phrase qui disait qu'« en vieillissant on s'aperçoit que la vengeance est encore la forme la plus sûre de la justice », mais il n'avait jamais été plus en désaccord avec une citation. L'expérience lui avait appris qu'elle était très mauvaise conseillère. Elle poussait souvent à « réagir » plutôt qu'à « réfléchir ». Nathalie croyait traîner ses complices dans le précipice vers lequel elle se dirigeait tête baissée et sans filet. Mais elle courait un autre risque qu'elle ne semblait pas mesurer. Celui d'y plonger seule. Frustré, en arrivant à son bureau, il appela le cabinet du juge Firmin pour solliciter de toute urgence une audience.

Un rendez-vous fut fixé le jour suivant dans le courant de l'après-midi.

Palais de justice de Paris, 12 février 2019, 15 h 30

Serge arriva dans le cabinet du juge Firmin le visage sombre, habité par le profond sentiment de participer à un suicide organisé. Nathalie ne l'avait jamais vu aussi taciturne. Elle commença par un bref rappel du contexte de sa rencontre avec Patrick et de ses liens avec Merculix. Elle expliqua qu'en tant qu'ancienne chercheuse elle intervenait depuis dix ans pour cette société en usant de sa notoriété et de sa légitimité dans le monde médical pour influencer les prescriptions de leurs médicaments par les professionnels de santé. À cette fin, elle rédigeait des articles louant leurs produits ou démolissant celui d'un concurrent. Elle précisa que c'était en raison de ses activités chez Merculix qu'elle avait connaissance de leurs recherches sur une nouvelle génération d'anticancéreux dénommée « Linosa », dont Patrick était chargé des travaux de recherche. Durant les premières minutes de l'interrogatoire, la magistrate l'observait, dubitative, se demandant quel était le lien avec l'affaire qui les occupait.

— C'est lors d'un événement que j'ai renoué avec M. Gérard Hugues que je connaissais depuis de nombreuses années et qui était également un camarade de lycée de M. Cooper. Au cours d'un déjeuner, il m'a révélé qu'il avait un cancer. Ce qui m'a interpellée, c'est qu'il avait cessé tout traitement médicamenteux et disait utiliser une médecine alternative qui s'avérait miraculeuse.

Mme Firmin fronça les sourcils.

— S'agissait-il du traitement de M. Sylla ?

— Oui, mais il ne me l'a pas dit tout de suite. Il maintenait une sorte de mystère autour de cela. J'en ai naturellement parlé à M. Cooper, qui m'a suggéré de tout faire pour en savoir davantage.

Elle observait le juge, qui semblait s'interroger sur ce qu'elle avait bien pu faire pour arriver à ses fins.

— Je l'ai séduit, je savais que Gérard avait un faible pour moi, et j'ai exploité cet avantage. Nous nous sommes fréquentés durant une courte période et sommes très vite devenus amants. C'est à partir de ce moment-là qu'il s'est livré. Il a fini par me révéler qu'il était suivi depuis plusieurs mois par un marabout qui lui avait concocté un traitement extraordinaire. J'avoue que j'ai été assez consternée face à de telles affirmations. Mais Gérard vouait une déférence absolue à ce marabout, et trouvait mes doutes insultants. Alors il s'est mis en tête de me convaincre. Il a remonté la piste de quatre autres patients avec l'aide de sa femme de ménage, elle-même ancienne patiente de M. Sylla. Il s'est avéré après renseignements que tous sans exception s'étaient remis de leur cancer de manière inexpliquée.

La magistrate sembla interloquée.

— Qu'avez-vous fait de cette information ?

— Je l'ai donnée à Patrick. Les horizons qu'il percevait à travers cette révélation l'ont mis dans un état d'euphorie assez rare. Comme je vous l'ai précisé, Patrick travaillait sur le Linosa depuis de nombreuses années. Une telle découverte pouvait les propulser, lui et son médicament, dans la stratosphère commerciale. On parle quand même de milliards de dollars, je ne sais pas si vous réalisez. En plus, Merculix était au bord du précipice à cause du Vacanix. Une enquête leur pendait au nez avec potentiellement de grosses pertes financières. Sans parler du tort que cela causerait à leur image. Ce qui se vérifie pleinement aujourd'hui.

Mme Firmin avait une écoute contemplative. Lunettes accrochées au bout du nez, elle hochait la tête de temps en temps, tout en notant les informations qui lui semblaient pertinentes.

— Poursuivez, je vous en prie.

— Patrick a organisé une rencontre avec Gérard très rapidement. Au cours de ce rendez-vous, il a réussi à le convaincre de lui procurer un échantillon du traitement de Sylla en contrepartie de quelques centaines de milliers d'euros. Je n'ai pas le montant exact. Ça peut paraître surprenant de mettre autant d'argent sur la table sans preuve de la valeur thérapeutique du traitement, mais, pour Patrick, c'était comme un coup de poker : si ça marchait, les retombées financières seraient immenses.

La magistrate était captivée par le récit de Nathalie.

— C'est à ce moment-là que Diénéba Sylla est apparue dans la manœuvre ? C'est bien ça ?

— Oui, Gérard ne se voyait pas dérober les produits de Sylla, il a donc proposé de passer par Diénéba.

Le juge arqua les sourcils.

— Pourquoi avoir choisi Diénéba Sylla spécifiquement ?

— À cause des préjugés de Gérard. Comme elle avait plus de quarante ans d'écart avec son mari, il en déduisait qu'elle ne l'avait pas épousé par amour. Il était, en outre, convaincu qu'elle lui faisait les yeux doux chaque fois qu'il la croisait. Pour ma part, j'opterais pour la situation inverse compte tenu du physique peu attrayant d'Hugues. Mais vous connaissez les hommes.

— Vous confirmez donc les déclarations de Diénéba Sylla sur ce point ?

— En effet, elle a dit la vérité, au seul détail près qu'elle s'est laissé convaincre contre la somme de 250 000 euros et non 200 000 euros comme elle l'a déclaré. Elle avait exigé que 50 000 euros en liquide lui soient remis le jour même de notre rencontre. Le reste lui a été viré sur un compte en Irlande puis transféré au Sénégal.

Le juge faisait les comptes en hochant la tête.

— Ça fait énormément d'argent juste pour dérober un produit.

— Dans l'absolu, oui. Mais Patrick en avait besoin et il fallait une somme suffisante pour acheter sa conscience. Qui refuserait 250 000 euros pour faire ça ? Pas grand monde. Croyez-moi. Cela s'est vérifié parce qu'elle n'a pas été longue à convaincre.

— Que s'est-il passé après qu'elle a dérobé les traitements ? Ceux-ci se sont-ils avérés efficaces ?

— En réalité, le côté ironique et surtout dramatique de toute cette histoire, c'est que les choses se sont gâtées avant même que nous ayons les résultats sur leur efficacité.

La magistrate lui jeta un regard surpris.

— Qu'entendez-vous par là ?

— En fait, un jour, Gérard m'a déclaré qu'il était terrorisé. Il faisait des cauchemars qu'il attribuait à la sorcellerie de Sylla. Il rêvait toutes les nuits de Sylla en train de le poursuivre dans la brousse, muni d'une machette ou d'une hache, je ne sais plus.

Mme Firmin la regardait, ébahie.

— Oui, j'étais comme vous, abasourdie par cette déclaration. Mais que voulez-vous ? Il était convaincu que comme Sylla était un puissant marabout reconnu, il avait forcément découvert ce que nous étions en train de trafiquer dans son dos. D'où ses cauchemars. Gérard redoutait sa vengeance. J'ai essayé de le calmer en lui disant que tout cela était ridicule, mais il ne voulait rien entendre. Il a exigé d'inclure Sylla dans l'opération de peur que celui-ci ne nous frappe d'une malédiction pour des générations. J'étais littéralement sciée !

— Qu'avez-vous fait ?

— J'en ai discuté avec Patrick, qui est évidemment entré dans une colère noire. Il avait l'impression de nager en pleine science-fiction. Je lui ai expliqué que si Gérard s'était mis à consulter un marabout, on pouvait légitimement s'attendre à ce qu'il puisse croire aux pouvoirs de la sorcellerie. Mais Patrick était furibond, et il ne voyait que ce que pourrait lui coûter cette histoire. Inclure Sylla pouvait s'avérer suicidaire pour Merculix. Vous imaginez un laboratoire pharmaceutique pactisant avec un marabout ? Que le traitement soit miraculeux ou non, c'était tout simplement inenvisageable.

— Qu'a fait M. Hugues, face à ce refus ?

— Il est resté campé sur ses positions. Il est même devenu menaçant. Il a donné huit jours à Patrick pour proposer un rendez-vous à Sylla afin de lui faire signer un contrat en vue de préserver ses droits de propriété sur ce traitement. Autrement, il se chargerait de tout lui révéler ainsi qu'à la presse qu'il contacterait sans remords, avait-il précisé.

— Comment a réagi M. Cooper?

— Il ne dormait plus et avait des poussées d'urticaire à l'idée que cette histoire puisse être révélée. Il était véritablement dos au mur. Soit il acceptait la proposition de Gérard et sautait en entraînant Merculix dans sa chute, soit il supprimait le problème. Il m'a donc demandé de l'aider à se débarrasser d'Hugues. Je m'y suis opposée au départ, car l'idée de le tuer ne me convenait pas du tout.

— Alors pourquoi l'avoir fait? Pour de l'argent?

— Il est vrai que j'ai été grassement rémunérée pour l'opération, comme l'ensemble des protagonistes, mais je n'aurais pas tué Gérard, même pour une grosse somme d'argent. Je l'ai fait par amour pour Patrick. Et il le savait. Je suis amoureuse de cet homme depuis l'âge de 15 ans. J'ai toujours vécu dans l'ombre d'une autre. Et pour la première fois, il m'ouvrait ses bras. Je sais aujourd'hui qu'il ne l'a fait que pour mieux me manipuler et obtenir ce qu'il voulait. Mais à ce moment-là, je ne voyais que lui et l'avenir qui s'offrait enfin à nous, ensemble.

— Vous étiez donc également la maîtresse de M. Cooper?

— Oui. Je n'en suis pas fière. Mais c'était le cas. J'ai utilisé Gérard pour arriver à mes fins et Patrick m'a rendu la pareille. Finalement, ça n'est qu'un juste retour des choses.

— Pouvez-vous expliquer comment vous avez procédé pour tuer M. Hugues?

— Je lui ai fait croire que Patrick était d'accord pour rencontrer Sylla, mais qu'il exigeait que je le rencontre en amont afin de le jauger. Gérard m'a proposé de l'accompagner chez Sylla lors de son prochain rendez-vous en me faisant passer pour son épouse. Sylla n'en était pas informé, mais a accepté ma présence quand nous sommes arrivés, car Gérard lui a dit que j'avais également un cancer.

— C'est à ce moment que vous avez empoisonné les traitements ?

— Non, le lendemain. J'étais convenue avec Sylla, lors de notre rencontre, de prendre un nouveau rendez-vous dès le lendemain matin à son cabinet. Et c'est à ce moment-là que j'ai introduit, avec la complicité de Diénéba, une quantité importante de vitamine D et de lithium ainsi qu'un peu de potassium dans les traitements. Ce qui a causé la mort des victimes.

— Et où vous êtes-vous procuré ces produits ?

— C'est Patrick qui me les a remis le matin du rendez-vous.

— Parlez-moi plus précisément du décès de M. Hugues. Pouvez-vous expliquer comment cela s'est passé ?

— Comme la vidéo le montre, nous nous sommes vus chez lui la veille de sa mort pour dîner et j'ai introduit les produits dans son repas.

— Mais pourquoi avoir éliminé les autres personnes puisque c'est M. Hugues que vous visiez ?

— Parce qu'on avait besoin d'incriminer quelqu'un d'autre afin de mieux brouiller les pistes. Dans ce scénario, Sylla était le coupable idéal. On faisait d'une pierre deux coups. On éliminait Hugues et on tuait à jamais toute source de difficultés avec les fameux traitements.

— Avez-vous eu entre-temps les résultats des analyses qui

ont été réalisées par Merculix concernant le traitement élaboré par M. Sylla ?

— D'après Patrick, ils étaient assez impressionnants. Je pense que les composants du traitement de Sylla sont présents dans la nouvelle composition du Linosa qui sortira bientôt sur le marché.

— Diénéba Sylla était-elle informée des assassinats ?

— Là encore, je suis intimement convaincue qu'au regard du montant important qu'elle a perçu elle devait se douter de quelque chose. Je trouve qu'elle ne s'est pas montrée très curieuse, même quand je lui ai demandé de venir faire diversion avec Sylla. Mais je ne lui ai jamais révélé nos véritables intentions.

Le juge Firmin prit quelques secondes de réflexion puis fixa Nathalie.

— Pouvez-vous me confirmer une information qui n'est pas anodine ? M. Patrick Cooper est-il bien l'époux de Me Béatrice Fosso-Cooper, également conseil de M. Sylla, dans cette affaire ?

— En effet, c'est bien cela. Je vous l'accorde, madame le juge, le destin a parfois un sacré sens de l'humour.

Son interrogatoire bouclé, Nathalie regagna la maison d'arrêt, heureuse du travail de sape qu'elle venait de mener contre son ex-amant.

Boulevard des Batignolles, le même jour, 21 h 30

Celui-ci avait atterri le matin même à Paris, inquiet de sa stratégie, son destin se trouvant entre les mains d'une femme qu'il avait choisi d'abandonner en rase campagne. Mais le plus urgent était la sienne, qu'il devait affronter. Patrick l'attendait dans leur appartement en peaufinant son discours. Il savait que ses chances de la convaincre de son innocence tenaient sur l'épaisseur d'un papier à cigarette. Béatrice était accompagnée de Clotaire. Quand elle ouvrit la porte, son cœur se figea à la vision des valises dans l'entrée. Patrick apparut aussitôt, flanqué de son pyjama et d'un sourire emprunté.

— Clo, je crois que je vais m'évanouir, marmonna-t-elle en saisissant sa main.

— Bonsoir chérie, lança Patrick, en s'avançant vers elle. Clotaire, compléta-t-il d'un geste de la tête.

Elle savait que ce moment viendrait. Elle s'était rejoué la scène cent fois, connaissait par cœur les mots qu'elle emploierait pour lui faire avouer ses mensonges. Mais, à cet instant, sa rhétorique avait pris la clé des champs. Seuls ses yeux exprimaient son désarroi et la colère qui brûlait en elle. Alors qu'il se rapprochait, à défaut d'art oratoire, sans doute évaporé avec son courage, elle eut envie de fuir.

— On s'en va, Clo, dit-elle en le tirant par le bras.

Patrick hurla avant qu'elle ait pu agripper la poignée de la porte.

— Tu ne crois pas qu'on a des choses à se dire ?

Elle se retourna et le fusilla du regard.

— Tu veux parler ? Très bien, je t'écoute.

— Chérie, viens t'installer. Clotaire, tu veux bien me laisser avec ma femme ?

— TU RESTES LÀ ! hurla-t-elle à son témoin forcé.

Clotaire, qui subissait les ordres et les contre-ordres du

couple avec une docilité exemplaire, s'arrêta dans son élan alors qu'il s'apprêtait à ouvrir la porte.

— Viens chérie, on va discuter, répondit Patrick en tendant sa main vers elle.

Béatrice fit barrage en utilisant le corps de Clotaire comme un bouclier.

— Ne me touche pas, Patrick, contente-toi de répondre à ma question ! QUI EST NATHALIE GÉRARD ?!

Le DG leva les yeux vers le médecin légiste.

— Je crois qu'il est temps que tu t'en ailles, lança-t-il en dirigeant son bras pour s'emparer du poignet de Béatrice.

Clotaire le dévisagea et s'exprima pour la première fois.

— Je crois qu'elle ne veut pas que tu la touches.

Patrick, sans doute piqué par l'ulcère qui le rongeait et le besoin de décharger la frustration qu'il avait accumulée depuis des semaines, envoya sa main voler sur la joue de Clotaire et tout se gâta. Le médecin légiste le propulsa contre le mur devant lequel il se tenait. Sonné, il resta allongé au sol, et Clotaire se précipita pour finir le travail. Béatrice regardait ce film catastrophique se dérouler sous ses yeux en hurlant comme une hystérique.

— Arrêtez ! Seigneur, arrêtez !

Elle s'élança de tout son poids sur Clotaire pour le stopper alors qu'il amochait, sérieusement, la face de son mari.

— Clo, arrête ! S'il te plaît, par pitié, arrête !

Clotaire se releva, comme sorti d'une transe, et constata les larmes qui inondaient les joues de son amie.

— Attends-moi dehors, s'il te plaît, implora-t-elle.

Après son départ, elle referma la porte et contempla Patrick, assis dos au mur, la figure tuméfiée.

— Je vais te chercher des glaçons, annonça-t-elle en s'essuyant le visage de sa manche.

Elle revint avec une serviette remplie de glaçons, qu'elle lui tendit, et s'assit à ses côtés.

— Je suis désolé, murmura-t-il en lui prenant la main.

Elle se laissa faire, immobile, le regard perdu dans le vide profond où étaient piégées ses pensées. Patrick la scrutait, désespéré.

— Parle-moi, s'il te plaît.

Elle plongea ses yeux rougis dans les creux insondables des siens, comme si elle espérait atteindre son âme. Après un moment à le fixer, elle lui répondit :

— Qui es-tu ? … Qui es-tu ?

Patrick la regardait, muet, ne sachant quoi répliquer à cette question dont, à vrai dire, lui-même ignorait la réponse. Elle se leva, prit son sac et se dirigea vers la porte. Il l'interpella, désespéré.

— On se voit demain ?

Elle hocha les épaules et secoua la tête.

— Je ne sais pas. Je ne sais pas, Patrick, marmonna-t-elle d'une voix à peine audible, et elle referma derrière elle.

Clotaire était resté sur le palier, prêt à intervenir si le secours de son amie l'exigeait. Il la vit ressortir, inconsolable et, sans mot dire, la prit dans ses bras. Quand ils franchirent le portail de l'immeuble, ils n'avaient toujours pas échangé la moindre parole. Ils marchaient dans sa rue, prostrés dans le silence, quand le téléphone de Béatrice vibra.

— C'est Sandro, dit-elle, fébrile.

Le brigadier, qui semblait hors d'haleine, souhaitait savoir où était son époux. Mais il refusa de lui en donner les raisons.

Lorsqu'elle lui répondit qu'il était à leur domicile, il lui suggéra de rester éloignée des lieux. Elle raccrocha en mesurant la signification implicite de cet appel, et ses jambes chancelèrent sous le poids de l'émotion. Clotaire l'attrapa par la taille et l'emmena vers un banc, où iIs s'assirent. Le brigadier arriva moins de dix minutes plus tard, toutes sirènes hurlantes, accompagné de six autres collègues, et ils se précipitèrent, dans l'immeuble. Ils surgirent sur le seuil de l'appartement du couple. Sandro sonna comme un forcené et poursuivit par des coups violents assénés sur la porte qui vibrait sous ses salves. Il entendit des pas, suivis d'une respiration haletante qu'il attribua à l'individu qu'ils venaient interpeller.

— Monsieur Cooper, je suis le brigadier Sergio Sandro Vilola. Nous savons que vous êtes là, veuillez ouvrir, s'il vous plaît !

Derrière la porte, la température du corps de Patrick venait de chuter de plusieurs degrés. Il sentait des gouttes de sueur froide couler le long de son dos. Il ferma les yeux, le front collé contre le bois qui le séparait de son destin. Il inspira et expira avec force, pour se calmer. Puis, il s'apprêta à ouvrir aux officiers. « Nathalie vient de marquer contre son camp », se dit-il. Il ne lui restait qu'à jouer pleinement sa partition.

Police judiciaire de Paris, 13 février 2019, 11 heures

Après son interpellation, Patrick fut placé dans une cellule collective au quatrième étage du « 36 », occupée par deux individus alcoolisés qui s'associèrent pour faire de sa nuit une véritable calamité. Pour autant, sa garde à vue se révéla plus enviable que celle de ses malheureuses complices. D'abord, elle dura moins de vingt-quatre heures. Ensuite, elle se réduisit à une audition unique menée par un Sandro étonnamment docile, à des années-lumière de l'homme teigneux auquel avaient eu affaire les deux femmes de cette enquête. En réalité, Sandro était confronté à un manque cruel d'éléments rendant vraisemblables les accusations de Nathalie, les aveux de celle-ci s'avérant invérifiables.

Invérifiables, parce que les réquisitions des relevés des lignes téléphoniques de Patrick n'avaient établi aucun lien entre ce dernier et Moussa Sylla, pas plus que les éléments saisis à son domicile.

Invérifiables, car les sommes supposées versées à chacun des protagonistes par Merculix n'étaient pas prouvées, pire, le seul virement probant accusait Nathalie. Patrick le souligna avec vigueur lors de son audition. Il était assisté d'une avocate mandatée par Merculix, Me Carrie Tanner, une Franco-Américaine, également inscrite au barreau de New York. Me Tanner l'avait rassuré sur les preuves à charge contre lui. Aussi, face au brigadier, la figure congestionnée, c'est avec l'assurance de l'innocent qu'il répondait à ses questions.

— Si Merculix a effectué des paiements, c'est au profit de sociétés dirigées tant par Mme Gérard que par M. Hugues en rémunération d'activités de conseil ou d'acquisition de matériels médicaux. Nous avons évidemment l'ensemble de ces contrats, conclut-il, avec aplomb.

Après l'audition, Sandro sortit de la PJ pour une marche solitaire. Il avait échangé avec ses équipes, qui étaient d'avis de ne pas prolonger la garde à vue. Patrick leur paraissait clean. Il alluma une clope et tira dessus avec appétit en expulsant la fumée et une partie de son stress. Puis il s'arrêta en plein milieu du trottoir, comme s'il était seul au monde. En réalité, Sandro était perdu. Il se trouvait face à deux hypothèses, toutes les deux plausibles : soit Nathalie était une manipulatrice aux instincts suicidaires qui avait décidé de détruire la vie d'un pauvre homme en même temps que la sienne, soit il avait affaire à un homme perfide, extraordinairement bien préparé. Il rebroussa chemin, écrasa sa cigarette devant l'entrée du « 36 » et décida de déférer Patrick. Il laissait le soin au juge Firmin de se prononcer.

L'interrogatoire eut lieu en fin d'après-midi à distance, depuis une des cabines de visioconférence de la PJ. Me Tanner, qui avait pris le soin de se munir des contrats évoqués, les produisit. Face aux maigres éléments contre le DG, le juge décida de le libérer dans l'attente d'une confrontation avec Nathalie. Dans l'intervalle, il fut placé sous le statut « témoin assisté ». Cette position hybride, qui faisait de lui ni un « tout à fait hors de cause » ni un « tout à fait mise en examen », était décidée notamment lorsque ladite mise en examen semblait prématurée ou que les preuves pouvant y conduire étaient insuffisantes. Cela n'excluait pas qu'il le fût ultérieurement. Pour le dire autrement, il fut libéré avec une épée de Damoclès sur la tête.

7

Béatrice venait de traverser le hall d'accueil de Fosso & Cie, ses AirPods aux oreilles. Elle adressa un salut furtif à son assistante et rejoignit son bureau.

— Nous poursuivons le même objectif, Serge. C'est-à-dire empêcher que mon mari ne s'en tire à bon compte. Si nous ne mutualisons pas nos forces, ce dossier est voué à l'échec ! Pouvez-vous au moins lui poser la question, s'il vous plaît ? Je me plierai à sa décision.

Elle était en ligne avec Serge Connarre. L'agenda de rendez-vous de Moussa Sylla, introuvable depuis son arrestation, était au cœur de leur discussion. Pour l'avocate, Nathalie n'était pas étrangère à cette disparition. Elle souhaitait la rencontrer pour en avoir le cœur net, mais était confrontée à une vive opposition de son avocat.

— Béatrice, je doute vraiment qu'elle l'accepte. Mais je vais lui en toucher deux mots, répondit-il, et sachez toutefois que, quelle que soit sa réponse, cet entretien ne pourra se tenir qu'à mes conditions.

— Quelles sont-elles ?

— Primo : je veux être présent, secundo : c'est moi qui mènerai les échanges.

15 février 2019

Le taxi de Béatrice et Serge venait de se garer devant la maison d'arrêt dans laquelle Nathalie était incarcérée. Celle-ci avait accepté, à la grande surprise de son avocat, que sa consœur l'accompagne pour leur entretien de préparation à sa confrontation avec Patrick. Le rythme cardiaque de l'avocate s'était accéléré à mesure qu'ils approchaient de ce lieu. La lecture des aveux de Nathalie lui avait appris que, dans leur partenariat macabre, son mari et sa complice avaient joint l'utile à l'agréable. Elle avait scruté chaque millimètre de son visage au travers de quelques photos dérobées sur les réseaux sociaux. Elle voulait visualiser la femme dont Patrick égrenait les jupons quand il rentrait tard. La simple idée de la rencontrer lui tordait l'estomac. Mais elle avait besoin de la voir en face, pour ne plus avoir à la fantasmer. Quand ils pénétrèrent dans l'établissement pénitentiaire, elle constata, impuissante, que ses mains tremblaient. Quand elle arriva au parloir réservé aux avocats, l'inconnue qu'elle trouva derrière une petite table le regard fuyant n'avait plus rien à voir avec la blonde qui attisait tant de désirs. Les yeux qu'elle posa sur elle étaient enfoncés dans des orbites sombres. Ses cheveux, qu'elle avait pris soin de relever en chignon, avaient blanchi par endroits. Béatrice resta figée sur le visage squelettique qui la jaugeait. Comme les deux femmes gardaient le silence, ce fut Serge qui le rompit.

— Bonjour, madame Gérard. Je vous présente Me Fosso-Cooper. Je vous remercie d'avoir accepté sa présence.

— Bonjour Béatri... maît...., articula Natalie.

— Appelez-moi madame, ça suffira.

— Bonjour, madame, murmura Nathalie. Je n'ai accepté votre présence que pour avoir une chance de pouvoir m'excuser pour...

— Gardez vos excuses pour les parties civiles, je ne suis pas venue jusqu'ici pour les entendre, répliqua Béatrice avec fermeté.

Nathalie baissa la tête et ses yeux se posèrent sur les mains tremblantes de l'avocate, jointes sur la table. Elle répondit, sans les quitter du regard.

— Je m'en doute.

Béatrice remarqua qu'elle fixait ses mains et les ramena sur ses cuisses. Serge considérait les deux femmes, en cherchant le bon moment pour interrompre leur conciliabule.

— Pourquoi ne vous ai-je jamais rencontrée ? poursuivit Béatrice en toisant la détenue.

— Je vous...

Serge la coupa et reprit les choses en main.

— Si vous le permettez, madame Gérard, je vous propose de passer à l'objet de cette visite.

— Je vous écoute.

— Nous avons besoin de quelques éclaircissements. Me Fosso-Cooper a découvert que Merculix était mêlé à l'affaire grâce au relevé téléphonique de M. Sylla. Il y figurait un appel de leur standard. Est-ce que vous savez pourquoi ils ont contacté Sylla ?

— Ce n'est pas Merculix qui l'a appelé, mais moi. J'avais

rendez-vous avec Patrick ce matin-là au siège de Merculix pour récupérer la vitamine D, le lithium et le potassium. Comme je devais confirmer mon rendez-vous, je l'ai appelé depuis leur standard.

Lorsque Béatrice lui demanda pourquoi elle n'avait pas utilisé son portable, elle répondit que la batterie de celui-ci était faible. Serge l'interrogea ensuite sur le fameux agenda. Elle confirma que c'était elle qui l'avait dérobé.

— Patrick avait besoin d'avoir les noms des personnes que Sylla suivait afin de vérifier l'efficacité de ses traitements, ajouta-t-elle.

Avant de s'en aller, Béatrice souhaita vérifier une hypothèse qui la rongeait.

— J'ai une dernière question, madame Gérard, et je veux la vérité. Êtes-vous à l'origine de l'accident qui a plongé Sylla dans le coma ?

Nathalie baissa les yeux et acquiesça.

— Gérard avait fait croire à Sylla que j'étais sa femme. On craignait que lors du procès, il se rende compte de la supercherie. Il fallait empêcher qu'il puisse remonter jusqu'à moi. Encore une fois, on dirait que ça n'a pas servi à grand-chose, comme toute cette histoire dramatique.

Béatrice ne répliqua pas. Elle se leva et prit congé sans un au revoir.

Palais de justice de Paris, 20 février 2019, 13 h 30

La confrontation était fixée ce jour et Patrick attendait, angoissé, en compagnie de Tanner, l'arrivée de Nathalie.

Quand elle se présenta dans le cabinet du juge accompagnée de son avocat, il fut si éberlué par son apparence de zombie qu'il en fut pétrifié. Le choc passé, il tenta de reprendre ses esprits. Le juge les observait tour à tour, les lèvres closes. Patrick jeta un coup d'œil à Tanner, qui lui fit signe de rester calme. Une tension rare empoisonnait l'atmosphère. Elle était palpable même dans ce silence que la magistrate laissa durer, sans doute à dessein. Elle donna la parole à Nathalie en premier. Celle-ci confirma l'ensemble de ses aveux avec aigreur et agressivité. Elle ajouta que Patrick lui avait demandé de dérober l'agenda de Sylla en vue d'identifier les patients traités du cancer par celui-ci. Le DG ingérait ses paroles comme une substance toxique, le visage renfrogné. Il contenait son dégoût. Elle le décrivait comme un être cupide, atteint de frénésie face à l'argent, mais ne citait jamais Peter, le guide diabolique de toutes ses turpitudes, qui le harcelait pour le bien de Merculix et des Charognards auxquels il fallait offrir toujours plus de dividendes. Quand vint son tour, il confirma avec opiniâtreté l'ensemble de ses propres déclarations. Tout en s'exprimant, il zyeutait son ex-amante avec haine et répulsion. La force dont elle avait fait preuve lors de sa précédente confrontation était derrière elle. Nathalie se leva comme prise d'hystérie et hurla :

— Tu mens, Patrick ! Tu mens ! Tu m'as utilisée et jetée comme une merde ! Comment as-tu pu me faire ça après tout ce que j'ai fait pour toi ? Tu n'es qu'une petite pourriture et je te jure que je t'anéantirai ! Tu as compris ? Je t'anéantirai !

Quand Nathalie et son avocat quittèrent le cabinet du juge escortés par des officiers de police, Mme Firmin se prépara pour le rendu de sa décision. Elle avait réexaminé les preuves contre Patrick, qui se réduisaient à peau de chagrin. Malgré son assurance, il lui parut un homme peu fiable et bien plus faible que la femme qui l'avait conduit à s'expliquer devant elle. Son avocate, qui lui semblait aussi sournoise que son client, avait fourni des contrats justifiant les sommes importantes versées tant à Nathalie qu'à Gérard Hugues. En dépit de ceux-ci, il lui était impossible, pour l'heure, de se prononcer sur sa sincérité. Elle en saurait davantage après la perquisition qu'elle avait ordonnée au siège de Merculix. Elle observa le DG et livra sa décision.

— Monsieur Cooper, au vu des déclarations de Mme Gérard, de vos déclarations et des éléments du dossier, je pense qu'il existe des indices graves et concordants rendant vraisemblable votre participation aux assassinats de M…

Patrick blêmit jusqu'aux oreilles. Il n'écouta pas les noms des victimes dont il ignorait, à l'exception d'Hugues, jusqu'à l'identité. *Comment était-ce possible?* Il regarda son avocate qui semblait tout aussi consternée que lui. Mme Firmin l'observait avec suffisance derrière ses petites lunettes rouges. Elle continuait à parler en le dévisageant alors qu'il accueillait le choc de sa mise en examen. Mais elle ne s'arrêta pas là. Cette pitoyable femme l'envoyait, pour couronner le tout, devant le juge des libertés et de la détention, à qui elle demanda d'ordonner sa détention provisoire. Il était blanc comme la feuille qu'elle tendit à Me Tanner.

Son audience avec l'autre magistrat se tint le jour même en fin d'après-midi. Mais ni ses réponses ni les demandes de Tanner sollicitant son placement sous contrôle judiciaire en lieu et place de la détention provisoire ne convainquirent le magistrat qui suivit sa collègue. Selon lui, l'enfermer constituait l'unique moyen de « conserver les preuves ou les indices matériels nécessaires à la manifestation de la vérité ».

Son avocate le quitta, alors qu'il était en partance pour une maison d'arrêt parisienne. Le cœur de Tanner était hors de contrôle. Elle s'isola et sortit, anxieuse, le téléphone sécurisé destiné à joindre Peter. Elle avait 36 ans et était associée au sein de la filiale française d'un grand cabinet américain qui accompagnait Merculix depuis quinze ans. Elle s'apprêtait à composer son numéro, mais il la devança. Après avoir décroché, elle dut écarter le micro de son oreille, tant la voix de Peter était tonitruante.

— Maître, c'est quoi ce bordel ?! Vous m'aviez pourtant explicitement dit et je reprends vos mots : « Il n'y a aucune inquiétude à avoir » ! Cette décision est une blague !? hurla-t-il

— Je suis désolée, Peter. Mais je vous assure que je ne comprends pas plus que vous ce qui s'est passé. Lors de la confrontation, Patrick a parfaitement fait le job. Nathalie a même perdu…

— Abrégez, maître ! Je me fous de tous ces détails inutiles. Je veux simplement que vous m'expliquiez le pourquoi de cette putain de décision ! Vous êtes copieusement payée pour éviter ce genre de mauvaise surprise, il me semble !

Elle eut un coup de chaud et cala le téléphone entre sa joue et son épaule pour déboutonner sa robe.

— J'ai fait tout ce que je pouvais. Mais c'était difficilement prévisible, Peter.

Il se remit à hurler.

— Que proposez-vous comme solution maintenant ? Hein ? Comment on se sort de cette merde ?! La presse s'est déjà emparée de l'affaire. Une de plus. Je suis à bord d'un navire tragiquement à la dérive ! Je ne sais plus quoi raconter aux actionnaires qui ne cessent de me harceler ! Vous comprenez où j'en suis, maître ? Merculix ne peut plus se permettre un nouveau scandale ! Arrangez-moi ça !

Elle lui répondit en essayant de contenir sa frustration.

— Je comprends, Peter. Mais je ne suis pas magicienne. Je peux faire appel de l'ordonnance, je ne vois que ça pour l'instant. Le problème urgent, c'est que le juge Firmin va sans doute mandater une perquisition au siège parisien dans les prochains jours et je doute qu'on puisse l'arrêter.

— Je vais contacter Paris immédiatement pour leur dire de se préparer à cette perquisition. Je vous tiendrai au courant, répondit-il.

Puis il ajouta :

— Et vous avez pu récupérer l'agenda ?

— Non, Patrick m'a indiqué qu'il était dans une valise qui a été perdue à l'aéroport lors de son retour à Paris, malheureusement.

— C'est vraiment stupide de sa part ! Je vais voir ce qu'on peut faire pour le retrouver.

Palais de justice de Paris, 25 février 2019

Quelques jours plus tard, Béatrice était à son tour reçue par le juge Firmin en vue d'un dernier interrogatoire de Sylla avant une éventuelle mise en liberté. Lorsqu'elle arriva, il était déjà présent en compagnie de deux officiers de police. Tout en marchant vers lui, elle fut frappée par un détail insolite qui la fit sourire. Depuis le début d'une affaire qui portait son nom, elle n'avait rencontré cet homme qu'à trois reprises. Et pourtant, la survenance de son malheur avait retenti avec une rare violence dans sa vie. Moussa Sylla discutait avec les policiers qui l'écoutaient avec circonspection en hochant la tête. Il venait de passer plusieurs heures confiné dans la « souricière » – zone située au sous-sol du tribunal qui accueillait les détenus extraits aux fins de comparaître dans le cadre d'une audience – et pourtant il semblait frais. Il avait un réel don pour captiver l'attention, et une sagesse qui n'avait d'égal que le sentiment de quiétude qu'il inspirait. Quand elle lui avait annoncé, gênée, que son époux était le véritable instigateur des crimes dont on l'accusait, ceci après qu'il eut appris quelques semaines plus tôt que sa troisième femme avait monnayé sa loyauté, il avait fait preuve d'une élévation d'esprit digne du dalaï-lama. Il avait simplement répondu avec sa manière unique de s'exprimer : « La vie, c'est comme une lanière de sandale : avant qu'elle ne soit rompue, on ne peut pas savoir où cela va se produire. »

Le juge Firmin commença par observer longuement Sylla. Elle se demandait s'il n'avait pas découvert les secrets de la fontaine de jouvence en plus de ses traitements miraculeux. Il avait 72 ans et en paraissait une quinzaine de moins. Son imposante stature et son port de tête majestueux devaient expliquer cette déférence qu'il semblait inspirer à ses patients. Elle l'interrogea sur son ressenti concernant la tournure que prenaient les événements et lui demanda s'il ne s'était jamais douté que son épouse avait subtilisé ses traitements.

— Sauf votre respect, madame le juge, est-ce réellement important ? Vous savez, mon épouse a fait ce qu'elle pensait pouvoir faire en son âme et conscience. Elle a empoché des sommes importantes. J'espère sincèrement qu'elles serviront ses desseins. Au moins, elle n'aurait pas tout perdu dans cette tragique histoire.

Elle hocha la tête et voulut savoir pourquoi il n'avait pas entrepris de faire homologuer ses traitements par des organismes tels que l'OMS.

— Pardonnez de nouveau mon arrogance, madame le juge, rétorqua Moussa, mais j'aurais certainement connu les murs de vos prisons bien plus tôt même si j'aurais peut-être évité la mort de ces malheureux qui ne cherchaient qu'à être apaisés en me sollicitant. Si vous pensez que mon souhait était d'être reconnu par le monde ou un organisme quelconque sur l'utilité duquel je m'interroge tous les jours, alors vous n'avez pas saisi le sens profond de ce que je fais.

Béatrice et la magistrate échangèrent un regard ébahi. Puis le juge poursuivit.

— Vous préfériez administrer illégalement des traitements à des individus ? Saviez-vous que le Code de la santé publique punit de deux ans d'emprisonnement et de 30 000 euros d'amende l'exercice illégal de la médecine ?

— Madame le juge, je sais que la loi condamne mes pratiques. Mais je demeure convaincu que nombre de personnes que j'ai pu aider méritaient que je prenne ce risque. Comme on dit chez moi : « Celui qui désire le miel doit supporter la piqûre des abeilles. » Je pense aussi avoir payé mon dû à la société par ces mois passés en prison pour rien.

Mme Firmin, qui aurait dû prononcer une ordonnance de renvoi devant le tribunal correctionnel concernant cette infraction, ordonna sa mise en liberté pure et simple. Elle conclut néanmoins sur un ton d'avertissement :

— Monsieur Sylla, comprenez toutefois que la médecine appartient à ceux qui sont autorisés à l'exercer et que les lois, que vous les approuviez ou non, sont faites pour être respectées.

— Je vous remercie, madame le juge.

À la fin de l'audience, elle, fit signe à Béatrice de s'approcher.

— Maître, je ne vous cache pas que je ne parviens pas à me remettre du côté surréaliste de ce dossier et de la possible culpabilité de votre époux dans une affaire dans laquelle vous défendez l'homme qu'il aurait tenté de faire accuser. Vous pourriez en faire un livre intéressant. Cela dit, compte tenu de vos liens avec le mis en examen, ne devriez-vous pas vous déporter de ce dossier ?

— Je pense que votre mise en liberté me déporte d'office, madame le juge.

— Je vous l'accorde.

Quand Béatrice et Moussa quittèrent le cabinet du juge entourés des officiers de police, une cohorte de journalistes et d'individus caméras au poing déboulèrent. Les officiers accompagnèrent l'avocate et son client à l'abri en attendant la dispersion de la presse. Ils s'installèrent côte à côte, dans l'intimité d'une salle d'audience. L'avocate l'observa, hésitante, et lui dit que sa mère, qui croyait en ses pouvoirs surnaturels, pensait qu'il était à l'origine de la chute de tous les personnages de cette histoire invraisemblable. Cette remarque le fit sourire.

— Je ne suis pas marabout, même si c'est l'appellation qu'on a choisi de me donner par facilité. Je suis un guérisseur. C'est très différent. Je ne fais pas de magie, maître. J'ai un don. Je soigne par les plantes que j'ai longuement étudiées, par mes mains qui émettent des vibrations apaisantes et par la prière qui est absolument puissante. C'est tout et rien de plus.

Moussa s'interrompit, la regarda droit dans les yeux et voulut savoir si elle pensait que les criminels de cette affaire avaient réellement choisi de tuer.

— Oui, rétorqua-t-elle, surprise.

— Maître, connaissez-vous le déterminisme de Spinoza ?

— Heu, vaguement… J'ai dormi pendant mes cours de philo, pardonnez mon incompétence sur le sujet.

— Selon Spinoza, le libre arbitre est une illusion, les choses suivent un ordre déterminé, par les lois de la nature et de Dieu. Les événements de nos vies sont la cause d'événements ou circonstances passés, en vertu du principe de causalité. En somme, tout ce qui arrive est l'enchaînement de causes et d'effets. Ces crimes en sont l'un des exemples les plus aboutis. Ils sont le résultat d'une longue chaîne causale interdépendante dont chacun de nos protagonistes était un maillon.

Béatrice peinait à le suivre, mais opina.

— Je vais être plus précis. Prenons l'exemple de votre époux. S'il n'avait pas voulu être l'employé modèle d'une société qui a érigé le sacrifice humain en curée, aurait-il agi de la même façon ?

— J'imagine que non.

— S'agissant de sa maîtresse, si elle n'était pas dévorée par un mal-être profond et une solitude hadale, se serait-elle sentie obligée de tuer pour être aimée ? Vous savez, votre époux n'était qu'un substitut à sa souffrance.

— Abordé comme ça, ça donne à réfléchir, c'est vrai. Mais pour autant est-ce que ça les absout de leurs crimes ? J'en doute.

— Chère maître, même si ces criminels ont été les victimes de leurs passions, leurs actes sont-ils véritablement le fruit d'une nature humaine mauvaise ? Je ne le pense pas. Le croire serait admettre que l'homme choisit d'être bon ou mauvais. Mais l'homme, et c'est ce qui le rend si passionnant, est à l'image de la vie : inextricable. Ces crimes trouvent leur origine dans une série d'événements de leur vie. Aussi devons-nous nous contenter, par facilité, de les condamner ? Ou nous interroger sur les causes qui les ont conduits à les commettre ? En tout cas, c'est ce que je me suis efforcé de faire avec Diénéba. Cette démarche m'a permis de dépasser mon sentiment primaire de trahison et de retrouver, égoïstement, ma paix intérieure.

— Je suis impressionnée, monsieur Sylla. Vous êtes d'une infinie sagesse.

— C'est dû à mon grand âge, rétorqua-t-il en lui adressant un large sourire.

Il posa ensuite sur l'avocate un regard rempli d'interrogations.

— Maître, puis-je vous appeler Béatrice ?

— Mais bien entendu, Moussa.

— Béatrice, qu'en est-il de vos rapports avec votre père ?

L'avocate fut prise de court par cette question. Elle laissa échapper un sourire gêné en secouant la tête négativement.

— Je m'en doutais. C'est la cause de vos rapports compliqués avec les hommes, et notamment du choix étrange de ce Patrick. Vous ne pouviez pas épouser un homme plus éloigné de ce que vous êtes. Je vous ai beaucoup observée, en dépit du peu de fois où nous nous sommes rencontrés. Vous savez, vous pourriez être ma fille. J'ai des enfants de votre âge. Puis-je me permettre ?

Elle acquiesça et il lui prit la main.

— Je sens en vous une profonde souffrance due à la trahison que vous avez vécue. Elle est en train de vous dévorer de l'intérieur, Béatrice.

Elle le fixait, tentant de résister à l'émotion qui l'envahissait.

— Mais je sens une autre blessure encore plus grande : la culpabilité. Vous vous rendez responsable de ce qui vous arrive. Mais sachez que si vous êtes un être humain dans toute sa splendeur, vous l'êtes aussi dans toutes ses faiblesses. Accordez-vous le droit de vous tromper. Vous savez, la vie nous fait toujours payer nos erreurs et la violence qu'elle vous a réservée est à la hauteur de ce qui était nécessaire pour vous faire réaliser que vous faisiez fausse route. Rappelez-vous ce que je vous ai dit sur le déterminisme. Vos choix ne sont que la conséquence de causes que vous devez rechercher et comprendre pour atteindre la raison et le bonheur.

Béatrice ne put contenir ses larmes.

— Je vais vous dire une chose, à vous répéter quand vous irez très mal et aurez l'impression de toucher le fond. Dites-vous ceci : « Ça aussi, ça passera », et croyez-moi, Béatrice, je peux vous assurer que ça aussi, ça passera !

Elle sanglotait à présent et Moussa s'autorisa à la prendre dans ses bras. Elle avait le sentiment d'être dans les bras du père qu'elle n'avait pas eu, et cette simple étreinte, d'un homme qu'elle connaissait à peine, lui procura un réconfort inattendu à l'image de ce moment d'échange improbable, dans une salle d'audience vide, sans juge ni partie.

Police judiciaire de Paris, 7 mars 2019

— Les gars ont tout essayé, madame le juge, mais je pense que là, ça dépasse leurs compétences, et pourtant, c'est des bons.

Sandro s'entretenait avec Mme Firmin, depuis une des cabines de visioconférence du « 36 ». Après l'incarcération de Patrick, il avait été mandaté par la magistrate dans le cadre d'une commission rogatoire l'autorisant à procéder aux opérations de saisie des pièces à conviction chez Merculix. La perquisition s'était déroulée en présence de sept autres officiers, y compris trois spécialistes en cybercriminalité qui repartirent avec cinq ordinateurs et deux téléphones portables présents dans le bureau de Patrick. Ils n'avaient pas trouvé le fameux agenda en errance dans une des valises déclarées perdues par ce dernier. Les équipes de Merculix, très bien préparées, leur avaient opposé un refus ferme lorsqu'ils avaient demandé les mots de passe du serveur de l'entreprise ou des disques durs des ordinateurs saisis. Une réponse apprise par cœur leur avait été servie en ces termes : « Nous ne sommes pas autorisés à vous fournir les accès et nous ne le ferons pas. » Le personnel connaissait sa leçon. Rien ne les obligeait, en effet, à abdiquer au principe fondamental selon lequel toute personne a le droit de ne pas participer à sa propre incrimination. Le brigadier avait tenté en vain de leur mettre la pression. Il s'en était donc allé penaud, en compagnie de ses équipes, non sans nourrir l'espoir de dénicher quelques éléments de preuve dans les ordinateurs. Mais cet espoir fut battu en brèche par un mur qui semblait infranchissable. L'ensemble des systèmes des ordinateurs et portables appréhendés comportaient des clés de chiffrement très efficaces. Les disques durs étaient inexploitables. Après plus d'une semaine d'acharnement Sandro fut contraint d'admettre que réussir le décryptage relevait du défi et il s'était résolu à contacter le juge Firmin pour solliciter l'assistance d'experts en informatique.

— Je comprends tout à fait, brigadier, indiqua Mme Firmin, mais le problème, c'est qu'une telle opération nécessite du matériel spécifique très coûteux dont je dois obtenir les budgets. En tout cas, je suis convaincue qu'ils cachent quelque chose et je vais me battre pour l'octroi de l'assistance que vous sollicitez.

Sandro attendit durant les quinze jours suivants l'assistance promise. En vain. Il reçut en lieu et place de celle-ci une information de la chambre d'instruction qui le plongea dans une colère noire. Il avait décidé d'en informer Béatrice et les deux partenaires s'étaient retrouvés, comme à leur habitude, pour une marche en dehors des murs de la PJ.

— J'aimerais vous servir une de mes bonnes vieilles blagues, mais ça n'en est pas une. Ils ont sorti Firmin du dossier, c'est aussi simple et dramatique que ça!

Le brigadier se remit à avancer, suivi par une Béatrice désabusée.

— Mais pour quelle raison? C'est insensé!

Il sortit une cigarette et l'alluma. Après avoir tiré dessus, il répondit :

— Pour une bonne administration de la justice, d'après ce que j'ai compris. Apparemment, le cousin de l'épouse de son frère serait parmi les victimes du Vacanix. Et pourquoi pas le petit-cousin de son chien? Quelle excuse bidon! C'est absolument scandaleux!

— C'est Merculix, vous pensez?

— Qui d'autre, d'après vous? Quand on a du fric, on peut tout obtenir dans ce monde. Que voulez-vous, c'est ainsi!

— Je suis tellement en colère! Mme Firmin était si impliquée dans ce dossier!

— Justement, sortir Firmin, c'est une chose, mais pour nommer qui? Le nouveau juge s'appelle Alceste Tellier. Nous, on le surnomme le Paresseux, ça vous en dit long sur l'homme. J'ai rarement vu un type plus incompétent dans ma vie. Sa spécialité, c'est expédier les dossiers. Dans la dernière affaire que j'ai eu à traiter avec lui, il a été d'une négligence criminelle. Ce type est une catastrophe!

— Qu'est-ce que vous sous-entendez, Sandro? s'enquit-elle, alarmée.

— Je dis qu'on va droit dans le mur. Voici ce qui va se passer, c'est un mode opératoire chez lui : il va tourner en rond pendant un moment. Ne pas aller au bout de l'expertise qu'on attend, libérer Patrick parce que, de toute façon, on n'aura plus rien contre lui, et, pour finir, clore l'enquête dans le mois. Votre Nathalie devrait se retrouver rapidement aux assises, seule avec Diénéba Sylla. C'est pour ça que je voulais vous prévenir.

L'analyse de Sandro se révéla peu ou prou exacte. Tout d'abord, le juge Tellier commença par prendre connaissance du dossier qu'il lut et relut pendant quatre semaines complètes, au terme desquelles il décida de ne pas accorder l'expertise demandée. De toute façon, la coupable était identifiée tout comme son mobile. Il optait pour une vengeance organisée par une femme désespérée contre un homme marié qui l'avait sans doute rejetée. Il n'y avait clairement pas d'éléments tangibles contre l'homme ou la société qu'elle tentait de faire accuser. Ensuite, après cinq semaines de tergiversations et de déclarations contradictoires à la presse comme aux officiers de la PJ, il décida de clore l'instruction et de renvoyer l'ensemble des complices présumés, y compris Patrick, devant la cour d'assises. Il avait réglé un dossier de plus, ça en faisait un de moins sur sa pile.

Serge et Béatrice, convaincus des risques d'un acquittement de Patrick aux assises, décidèrent d'allier leurs efforts sur l'affaire. L'avocate proposa à son confrère de demander à Sylla d'appeler les patients figurant dans l'agenda afin de savoir s'ils avaient été contactés par Merculix.

8

4 novembre 2019

Six mois s'étaient écoulés depuis la clôture de l'information par le juge instructeur Alceste Tellier et neuf depuis son incarcération dans le quartier VIP d'une maison d'arrêt située en plein cœur de la capitale. Sa cellule rénovée mesurait 9 mètres carrés qu'il occupait seul. Outre une plaque en vitrocéramique et un téléviseur, sa cellule comportait une douche modernisée séparée du coin WC. Mais l'élément le plus singulier dans cette douce détention demeurait la ligne de téléphone fixe, vissée au mur, sur laquelle il pouvait passer et recevoir des appels depuis une dizaine de numéros extérieurs. Parmi les autres détenus de cette aile particulière de la prison distincte des autres quartiers figuraient d'autres délinquants en col blanc avec lesquels il avait plaisir à se retrouver lors des promenades. Pourtant, ces conditions de détention qui auraient provoqué une crise cardiaque à Nathalie et fait pâlir d'envie l'immense majorité des autres prévenus de l'Hexagone le laissaient de marbre. Non seulement il n'avait jamais connu d'autre prison, mais surtout il ne pouvait s'empêcher de trouver cet enfermement forcé injuste. Planté devant un miroir, il s'examinait, la gorge sèche. Il peinait à contrôler son cœur qui s'agitait à mesure que l'heure fatidique approchait. Il était réveillé depuis le milieu de la nuit et continuait d'apprendre l'ensemble de ses déclarations. Il fallait éviter la moindre contradiction. Cet exercice, essentiel, était indispensable, surtout quand on mentait, comme n'avait pas manqué de lui préciser Me Tanner. Il portait un costume bleu nuit, une chemise blanche, une cravate bleu ciel parsemée de petits pois blancs, le tout assorti d'une pochette. Patrick se sentait fin prêt pour l'ouverture des débats devant la cour d'assises face à laquelle sa priorité était d'inspirer confiance.

Les huit pinceaux indispensables de toute trousse de maquillage qui se respecte alignés avec minutie sur le rebord supérieur du lavabo de son coin sanitaire, elle s'attaquait au maquillage de ses yeux. Ses doigts retrouvaient une forme de dextérité à mesure qu'elle avançait dans sa tâche. Elle était surprise par le contentement qui la gagnait peu à peu, dans la pratique de cet exercice qu'elle n'avait plus réalisé depuis si longtemps. Elle dessinait à présent le creux de ses pommettes d'une teinte pourpre, qu'elle estompa ensuite pour un rendu plus naturel. Béatrice lui avait apporté cinq tenues pour les cinq jours que devaient durer les débats. Elle n'aurait jamais imaginé qu'après tant d'années à haïr l'avocate, celle-ci serait l'alliée inattendue de cette épreuve, même si elle était consciente que cette aide n'était dictée que par son désir absolu d'envoyer Patrick derrière les barreaux. Elle avait choisi pour ce premier jour un tailleur cintré bleu ciel dont la jupe tombait à hauteur de genoux avec un chemisier blanc. Elle avait repris presque six kilos sur la douzaine perdue depuis le début de sa détention. Elle avait dû se forcer à manger davantage sur les conseils avisés de Béatrice et de Me Connarre. Elle devait éviter de donner l'impression d'un être au bord du suicide, qui conforterait la thèse de la femme désespérée que soutiendrait la partie adverse. Ses cheveux avaient retrouvé leur blondeur d'origine sous l'effet d'une teinture choisie avec soin. Ses lèvres, habillées d'un ton rose pâle, donnaient à l'ensemble de son maquillage un aspect naturel. Nathalie jeta un dernier coup d'œil dans le miroir qui lui renvoya un semblant d'image de la belle femme qu'elle avait été. Elle se sentait prête à affronter la cour.

La liste des témoins cités ainsi que des experts appelés à se prononcer à la main, il finalisait ses questions. Celles-ci avaient pour seul objectif de semer le doute dans l'esprit de la cour et des jurés sur la culpabilité de sa cliente. Ces derniers seraient sélectionnés avant l'ouverture des débats en présence des accusés, de leurs avocats ainsi que du procureur général. Il pouvait, avec sa consœur Me Tanner, en récuser jusqu'à quatre. Il privilégierait un jury composé en majorité de femmes, comptant sur leur instinct féministe pour contrarier les plans de Patrick. D'habitude, il était peu affecté par le sort de ses clients, sa seule priorité étant de bien faire le job. Mais ce procès avait peu à peu pris des aspects plus intimes du fait de la fascinante personnalité de Nathalie et de la présence inattendue à ses côtés de Béatrice, avec laquelle il avait pris, à sa grande surprise, beaucoup de plaisir à travailler tout au long de ces six derniers mois. Les froufrous soyeux de sa robe soigneusement repassés, Serge était prêt à user de tous les effets de manches pour abattre l'adversaire.

Le doute profiterait-il à Patrick ? Cette question la taraudait en cette heure matinale. Elle était assise sur sa terrasse, sa seconde tasse de café à la main en dépit des aigreurs d'estomac dont elle souffrait depuis plusieurs jours. La brise légère qui flottait tel un murmure lui apportait un peu de sérénité avant l'amorce de ces jours décisifs. Serge l'avait quittée très tard la veille, comme souvent depuis un mois. Elle l'avait assisté avec rigueur dans la préparation du procès à venir. Ils avaient ensemble arrêté les moyens de défense, l'inventaire des témoins à entendre et travaillé sa plaidoirie. La liste des patients qui figuraient dans l'agenda de Moussa avait été reconstituée. Tous avaient été appelés et on leur avait posé cette question : « Avez-vous été contacté par les laboratoires Merculix au sujet de votre cancer ? » Leur réponse avait été à la fois surprenante et décevante : non, ils ne se rappelaient pas avoir été contactés. Elle avait fait un travail sur ses émotions, sous l'impulsion de Moussa. Elle devait se forcer à se pardonner et à pardonner à Patrick pour qu'un « après » puisse exister, ceci quelle que soit l'issue des journées à venir. Cela s'avérait une opération difficile, mais elle continuait d'y travailler. Elle ne participerait pas aux débats, elle ne plaiderait pas pour la défense de l'accusé avant sa clôture. Elle savait qu'elle n'assisterait que depuis le public au procès le plus important de sa vie.

Cour d'assises de Paris, le même jour, 10 heures

Lorsqu'elle arriva, la salle d'audience était comble. Elle était autant remplie de curieux que de journalistes, qui avaient rappliqué en nombre pour ce premier jour. Elle repéra Fanny, venue très tôt afin de lui réserver une place dans les premiers rangs. Après lui avoir murmuré un bonjour discret, elle s'installa. Le président de la cour d'assises, le juge Antoine Servant, venait d'ouvrir les débats. Sur une estrade il était entouré de ses deux assesseurs, des six jurés, des deux suppléants et du greffier audiencier. Sur une table à part, à droite de l'estrade, était installé M. Pierre Revet, l'avocat général, représentant le ministère public. À la droite de ce dernier se trouvaient les parties civiles et leurs avocats. Une barre des témoins était placée au centre de la salle d'audience, face au président. Le box des accusés se situait à gauche du greffier, avec, devant eux, leurs avocats. Un silence sépulcral, digne d'une cérémonie mortuaire, remplit la salle à l'entrée des accusés. Béatrice les observa tour à tour. Patrick était le plus agité. Son front, brillant comme une pièce de monnaie, plissait à vue d'œil. Quand il surprit son regard, il détourna les yeux. Nathalie lui adressa un sourire discret. Il y avait longtemps que Béatrice ne l'avait vue à son avantage. Enfin Diénéba, les yeux bouffis, semblait la plus perdue. Elle tenait entre les mains un paquet de mouchoirs prêt à l'emploi.

Le procès débuta par les annonces du greffier et le rapport introductif du président Servant, rappelant les faits reprochés aux accusés ainsi que les éléments à charge et à décharge les concernant. Il fit ensuite lecture de la qualification légale des infractions. Patrick, Nathalie et Diénéba étaient accusés d'assassinat avec la circonstance aggravante d'avoir été commis en « bande organisée ». Ce schéma, ponctué de témoignages de drames et d'émotion, se répéterait les quatre jours suivants. Béatrice avait décidé d'être présente tout le long, tant pour soutenir Serge que pour ne rien manquer des étapes qui forgeraient la décision des juges et des jurés.

Le lundi fut marqué par « l'interrogatoire de personnalité » des accusés. Son but était de cerner leur personnalité en retraçant leur passé, leurs liens familiaux afin d'appréhender leur trajectoire de vie. Nathalie avait été entendue en premier. Il en ressortait qu'elle était fille unique issue d'une famille ancienne de la bourgeoisie parisienne. Orpheline depuis l'âge de treize ans, elle avait perdu ses parents dans un accident d'avion et avait été élevée par ses grands-parents. Elle était célibataire sans enfants. Béatrice réalisa à quel point sa vie avait été empreinte de solitude, et ce, depuis son jeune âge.

Les questions qui lui furent posées suggéraient le désespoir amoureux d'une femme éprise du même homme depuis trente ans. Sa détresse ressortait aussi du rapport de synthèse remis par les différentes maisons d'arrêt qui résumait le comportement des accusés durant leur détention. Le président tenta de la confondre sur son état durant son incarcération au vu du rapport indiquant une anorexie due à une profonde dépression.

Nathalie nia avoir été en dépression et plaida l'odeur nauséabonde de sa cellule pour expliquer son état. Serge, de son côté, avait tenté de mettre en balance ses conditions de détention avec celles de Patrick pour expliquer leur différence de réaction face à l'incarcération.

— Monsieur Cooper, vous nous dites en substance que votre cellule est entièrement rénovée, possède une douche privée, des WC à part, un téléphone fixe et que les codétenus avec lesquels vous faites vos promenades sont banquiers, hommes d'affaires ou hommes politiques, c'est bien ça ?

Patrick avait acquiescé en baissant la tête.

— On peut comprendre que vous ne soyez pas déprimé !

Mais l'élément mémorable de cette journée fut l'audition des parties civiles, en particulier celle de Mme Hugues. Elle avait décidé de marquer les esprits de la cour et des jurés. À l'appel de son nom, ses yeux, secs depuis le début de l'audience, s'étaient remplis de larmes qui couleraient jusqu'à la fin de son témoignage. Il lui avait fallu trois minutes entières, montre en main, pour se rendre jusqu'à la barre malgré sa canne et sa prothèse. En plus de la forme, le discours était bien rodé.

— Excusez-moi, monsieur le président, mais ma prothèse est si douloureuse… Vous savez, mon Gérard n'est plus là pour s'occuper de moi. Quand nous nous sommes rencontrés, il a mis en place tout un dispositif pour que je me sente le mieux possible. C'était un homme exceptionnel.

Tout était dit. Quand le président l'interrogea aussi sur la relation de son mari et de l'accusée, elle répondit qu'il avait été manipulé par une femme prête à tout pour arriver à ses fins. Tout en prononçant ces mots, ses yeux envoyaient des obus à Nathalie.

Les contrats fictifs signés entre Merculix et celle-ci furent abordés le deuxième jour. Le président avait ouvert les débats avec l'interrogatoire de Nathalie sur ce point. Il voulait connaître le montant qu'elle avait perçu pour, selon ses dires, « se débarrasser d'Hugues ».

— La société Merculix m'a versé au total 1,5 million de dollars en plusieurs fois, via ma société comme vous pouvez le constater sur les relevés bancaires.

Serge prit ensuite la parole pour interroger Patrick, qui continua de prétendre, de manière éhontée, que les sommes rémunéraient des prestations de conseil réalisées par Nathalie pour Merculix.

— De quel type de conseils s'agissait-il ? Parce que 1,5 million de dollars, c'est très chèrement payé pour de simples conseils.

— Maître Connarre, Mme Gérard apportait, grâce à son expertise et sa notoriété dans le monde médical, beaucoup de valeur ajoutée et de crédibilité à la société. Elle avait rédigé de nombreux articles sur nos médicaments, et dispensé des formations auprès de nos équipes de visiteurs médicaux.

— Monsieur Cooper, vous rappelez-vous quelle était la rémunération annuelle de Mme Gérard au titre des trois dernières années pour ces mêmes prestations ?

— Non, maître Connarre, je n'ai pas cette information.

— Je vais me permettre de vous rafraîchir la mémoire.

Mme Gérard a perçu 300 000 dollars en 2016, 320 000 dollars en 2017, et 500 000 dollars en 2018.

Serge poursuivit.

— Je constate, monsieur Cooper, que pour les mêmes prestations, la rémunération de Mme Gérard a été multipliée par trois. N'est-ce pas curieux ?

L'avocat général prit le relais, pour interroger Patrick sur cette augmentation.

— Monsieur Cooper, avez-vous une explication sur l'augmentation exponentielle de la rémunération de Mme Gérard ? Comment sont faits les calculs ? Sur quels chiffres sont-ils fondés ?

— Je ne sais pas vraiment… Ce n'est pas moi qui m'en occupe…

Patrick peinait à cacher son embarras.

Nathalie, ensuite interrogée par le président sur sa relation avec Patrick, avait expliqué que ses mobiles étaient amoureux. Me Tanner enchaîna sur ses déclarations durant l'enquête.

— Madame Gérard, pourquoi avoir d'abord nié être impliquée dans les meurtres, pour avouer ensuite, au bout deux mois d'incarcération ?

— Parce que je voulais dire la vérité et assumer mes actes.

— Vous avez pourtant déclaré à M. Cooper, lors de votre dernière confrontation devant le juge instructeur : « Tu n'es qu'une petite pourriture et je te jure que je t'anéantirai ! » Que vouliez-vous dire par « je t'anéantirai » ?

Nathalie semblait regretter d'avoir prononcé ces paroles lourdes de sens et gravées dans un procès-verbal d'audition.

Quant à Diénéba, elle confirma l'ensemble des dires de sa complice, à l'exception des sommes qu'elle prétendait avoir reçues pour l'opération. L'avocat général avait rebondi sur cette dernière déclaration, en arguant qu'il était indifférent qu'elle ait perçu 200 000 ou 250 000 euros pour ses services. Selon lui, elle ne pouvait ignorer ce qui se préparait au regard de la singularité des montants. Me Tanner l'interrogea également, mais pour lui faire confirmer qu'elle n'avait jamais rencontré Patrick.

— En effet, maître, je l'ai rencontré pour la première fois hier, avait-elle répondu.

Le moment marquant de cette deuxième journée, mais sans doute le pire du procès pour Nathalie comme pour Patrick, fut le témoignage de l'expert psychiatre. Il avait rencontré les trois accusés pendant leur détention en vue d'émettre un rapport d'expertise sur leurs personnalités. Celui-ci était intervenu à la barre pour en résumer la teneur.

— Concernant M. Cooper, son dossier médical n'a rien révélé d'important. L'examen psychologique classique a montré une personnalité ayant un fort penchant pour la manipulation. Il est très avenant a priori, extrêmement sympathique voire attentionné, notamment vis-à-vis de son épouse, laquelle a été mentionnée à de nombreuses reprises durant nos échanges.

Béatrice sentit peser sur elle, à tort ou à raison, le poids des regards de la salle.

— Une fois ces constats opérés, on découvre assez rapidement une facette taciturne, stressée et impatiente, qui contraste totalement avec son côté affable. Nous avons, mon collègue et moi, pu constater que M. Cooper avait une forte tendance à mettre en place des stratégies conscientes et calculées pour atteindre un objectif. Il se pense parfait et semble en quête perpétuelle de reconnaissance et d'admiration. Enfin, il peine énormément à reconnaître et à admettre ses responsabilités dans les événements, même courants, de sa vie.

Patrick détourna le regard, sans doute contrarié par cette analyse. Béatrice lut dans le regard de Nathalie une forme de contentement. Mais celui-ci fut de courte durée.

— Concernant Mme Gérard, sur le plan médical il n'y a rien de substantiel à signaler, hormis une perte de poids excessive au début de sa détention. En revanche, sur le plan psychologique, les choses sont beaucoup plus compliquées. Nos entretiens se sont déroulés dans un rare climat de tension. Mme Gérard, extrêmement défiante, refusait de se livrer.

Nathalie toisait l'expert, stoïque.

— Nous avons pu constater chez elle de réelles difficultés à établir un contact ou à tisser des liens affectifs significatifs avec les autres, mais également une incapacité à ressentir de l'empathie pour autrui, doublée d'une instabilité affective et relationnelle.

La suite des développements de l'expert se révéla pire que le début.

— En raison de sa personnalité, nous penchons pour un diagnostic de psychopathie. Ce n'est pas une maladie, mais une personnalité pathologique. Notez que dix-huit à quarante pour cent des détenues sont des psychopathes. Il y aurait une relation de cause à effet entre psychopathie et délinquance. Cette personnalité se caractérise aussi par une forte arrogance, un goût prononcé pour la manipulation et la séduction. Mme Gérard a une tendance naturelle à nier la personnalité d'autrui avec lequel elle n'entretient, en définitive, que des relations dans un but utilitaire.

Tout était dit et bien dit. Patrick était un manipulateur et Nathalie, une psychopathe. C'est sous ces conclusions déstabilisantes que se clôtura la deuxième journée.

La troisième journée fut consacrée aux témoignages, et la question des traitements de Sylla et de leur composition fut largement abordées. L'ensemble des témoins avaient d'abord comparu le premier jour, et il leur avait été demandé de jurer en levant la main de « dire toute la vérité, rien que la vérité ». Moussa étant dans la catégorie des témoins dits « reprochables » du fait de ses liens avec une des accusées, il fut entendu sans serment.

— Vos traitements sont au cœur de cette affaire et je souhaitais vous entendre concernant leur composition, avait demandé le président.

À cette question, Moussa apporta une réponse bien à lui.

— Monsieur le président, mes traitements sont essentiellement composés de plantes cultivées en Afrique dont les noms évoqueraient pour la cour autant de choses que le chemin migratoire des Bantous.

Béatrice avait entendu quelques rires discrets dans le public. Le président invita ensuite à la barre des patients de Moussa, qui affirmèrent tous avoir été guéris de leur cancer grâce à ses traitements, dossier médical à l'appui. À ces témoignages, Serge ajouta une vingtaine d'attestations d'individus tenant le même discours. Deux experts furent entendus pour rendre compte de leurs rapports, l'un sur la composition du Linosa, l'autre sur le phénomène du placebo. Sur la composition du Linosa, l'expert apporta une réponse que Serge avait anticipée.

— J'ai, en effet, étudié le brevet déposé par Merculix il y a cinq ans pour un anticancéreux. En pratique, dès qu'un laboratoire identifie un principe actif entrant dans la composition d'un médicament qu'il pense prometteur, il en dépose le brevet afin d'assurer la protection de sa propriété intellectuelle. La durée de la protection est de vingt ans avant qu'un médicament générique puisse être autorisé. Les conclusions du rapport démontrent que le principe actif entrant dans la composition du médicament envisagé par Merculix et figurant dans le brevet déposé ne découle d'aucune des plantes présentes dans les traitements de M. Sylla.

Serge avait ensuite demandé la parole.

— Est-il possible que la société Merculix ait modifié le principe actif de son médicament sans faire un nouveau dépôt ?

— Oui, tout est possible. Mais dans ce cas, sa découverte ne serait pas protégée.

Concernant l'effet placebo, Me Tanner, qui avait sollicité ce rapport, souhaitait démontrer que les patients de Sylla avaient sans doute guéri grâce à ce phénomène. L'expert tenta d'expliquer comment fonctionnait le placebo.

— Le placebo est un traitement dépourvu de toute action pharmacologique, mais indiqué comme efficace au patient. Il découle d'un phénomène très complexe qui associe des éléments psychologiques et physiologiques. Plusieurs facteurs concourent à son fonctionnement tels que les convictions du patient, le contexte thérapeutique et la personne du prescripteur, son charisme ou son pouvoir de suggestion, par exemple.

Après les explications de l'expert, Me Tanner avait demandé la parole.

— Le mode d'administration du médicament joue-t-il dans l'efficacité du placebo ? M. Sylla prétendait soigner par la fourniture de boisson liquide.

— En effet, le mode d'administration peut également jouer dans l'efficacité du placebo. On sait par exemple qu'une administration par goutte est plus efficace que par des comprimés.

Serge était intervenu pour lui demander si l'effet placebo pouvait guérir un patient du cancer.

— S'agissant du cancer, sans trop m'avancer, je vous répondrai que non.

Durant la troisième journée, le fameux relevé téléphonique de Sylla contenant un appel émis depuis le standard de Merculix fut évoqué. Serge s'était gardé de dire que Nathalie en était à l'origine. Mais Me Tanner avait demandé que la standardiste de Merculix soit entendue afin de confirmer que, si l'appel avait bien été émis depuis le standard de Merculix, il l'avait été à la demande de Nathalie. À la barre, celle-ci avait affirmé s'en souvenir, car Nathalie était présente particulièrement tôt ce matin-là.

— Vous confirmez donc que cette présence à cette heure matinale était inhabituelle ? avait rebondi Serge.

— Oui, en effet. C'est pour cela que ça m'avait marquée.

Me Tanner semblait regretter de n'avoir pas briefé l'hôtesse avant son intervention.

Au cours de cette troisième journée, se produisit durant le témoignage de Peter Johnson, un événement qui marquerait le procès. Quand le président l'interrogea sur l'affaire et les implications de Merculix, il déclara que la société Merculix ne pouvait y être mêlée et trouva même toutes ces accusations ridicules. Serge, pour sa part, entreprit de mettre en avant la moralité douteuse de sa société, concernant son opposition à l'enquête de police, puis sur les poursuites dont Merculix faisait l'objet du fait du Vacanix.

— Il semble, monsieur Johnson, et vous le confirmerez ou non, que votre entreprise soit soupçonnée d'avoir été pleinement informée des effets indésirables du Vacanix avant sa commercialisation et d'avoir volontairement laissé des patients s'empoisonner. Qu'avez-vous à répondre à cela?

À cette dernière question, une quinzaine de personnes se levèrent dans la salle pour y apporter leur réponse : « MERCULIX assassin! MERCULIX assassin! MERCULIX assassin! ». Il ne leur manquait que des banderoles avec des inscriptions en lettres de sang. Les forces de l'ordre durent intervenir pour les traîner à l'extérieur du tribunal dans le chaos le plus total. Le président dut clore de manière prématurée cette journée d'audience. Peter, pour sa part, fut raccompagné sous escorte policière après avoir été agressé par des jets d'œufs et de farine de manifestants l'attendant aux abords du tribunal.

Compte tenu de cet incident, un huis clos fut ordonné à compter du jeudi, au cours duquel se tinrent les plaidoiries des parties civiles et de l'avocat général. Fanny et Béatrice ne furent autorisées à y assister qu'après d'âpres négociations avec le président au regard de leur participation ancienne sur le dossier. Les réquisitions de l'avocat général avaient été très sévères. Il avait requis quinze ans contre Diénéba, peu convaincu par le fait qu'elle ne se soit pas douté des crimes qui se préparaient. Concernant Nathalie et Patrick, il avait tenu le discours suivant :

— Entre les deux accusés, je n'ai pas eu à m'interroger sur la différence de sanction. Certes, l'un a fomenté les assassinats, mais l'autre les a froidement exécutés. Il s'agit de crimes odieux et concertés entre M. Cooper et Mme Gérard pour se débarrasser tout d'abord de M. Hugues et ensuite des autres victimes ramenées au rang d'objets.

Il avait poursuivi en disant :

— Je vous demande donc de déclarer ces deux accusés coupables d'homicides volontaires avec la circonstance aggravante de bande organisée au regard de l'existence d'une entente, qui suppose donc la préméditation, et d'une organisation structurée entre ses membres.

Puis il avait conclu :

— Ces crimes crapuleux qui ont été de véritables exécutions et cette fuite permanente de M. Cooper justifient que je requière la prison à perpétuité à l'endroit tant de M. Cooper que de Mme Gérard .

S'agissant de Merculix, il avait requis la peine maximale pour une personne morale : 1 million d'euros d'amende en plus de la publication de la décision par voie d'affichage ou de presse. La couleur était annoncée, et les avocats de la défense avaient du pain sur une planche particulièrement pleine.

Béatrice ne parvenait pas à maîtriser sa jambe qui

bougeait nerveusement dans l'attente du début des plaidoiries de Me Stéphanie Dumas, l'avocate de Diénéba, de Me Tanner et enfin de Serge. Les accusés venaient d'entrer dans la salle d'audience, les traits tirés, sans doute harassés tant par ces journées d'intenses débats que par les réquisitions de l'avocat général qui n'avaient épargné aucun d'entre eux. Les plaidoiries débutèrent dans un silence de plomb.

Me Stéphanie Dumas prit la parole en premier. Elle défendit l'ignorance de Diénéba concernant les crimes qui avaient été commis et la manipulation dont celle-ci avait été victime de la part de Nathalie. Elle conclut en demandant l'acquittement de sa cliente.

Me Tanner intervint ensuite.

— Je plaide pour les intérêts de M. Patrick Cooper et de la société Merculix, leur présence devant cette cour me laisse sans voix. Nous sommes en train de parler de la vie d'un homme dont la condamnation se fonde uniquement sur les déclarations d'une femme désespérée, qui a inventé une histoire faisant intervenir des marabouts, des vols de traitements miraculeux, des adultères. En somme, des déclarations dignes des plus mauvais Spielberg!

Elle prit un air atterrée.

— J'ai eu l'occasion d'échanger à de nombreuses reprises avec M. Cooper, qui n'a jamais cessé de clamer son innocence. Son discours n'a pas varié d'un iota tout comme les éléments de preuve contre lui et sa société qui, en dépit de ces jours de débats devant vous, font toujours cruellement défaut.

Elle marqua une pause calculée.

— Oui, les preuves contre M. Cooper sont, peu ou prou,

inexistantes. Des traitements miraculeux fabriqués par un savant fou, marabout de surcroît ? Je n'irai pas jusqu'à faire l'affront à ses patients de remettre en cause leur guérison, mais je vais vous poser une question, mesdames et messieurs de la cour et des jurés : avez-vous pu faire un lien quelconque entre ces traitements et M. Cooper ou la société Merculix ?

Elle s'approcha des jurés, prétextant de rechercher des réponses dans leurs yeux.

— J'ai cherché, j'ai écouté tout comme vous. Mais non, je n'ai pas réussi à établir le moindre lien. Concernant la fourniture de la vitamine D, du lithium ou du potassium par M. Cooper, avez-vous obtenu une preuve indiscutable ?

Elle marqua de nouveau une pause en scrutant le jury.

— J'ai cherché, j'ai écouté tout comme vous. Mais non, je n'ai pas trouvé de preuve indiscutable.

L'avocate pointa Nathalie du doigt.

— Cette femme, habillée de rose pour ce dernier jour, nous a déclaré être amoureuse de cet homme depuis trente ans. J'avais six ans alors que Mme Gérard était déjà passionnément éprise de M. Cooper. Elle a déclaré ne s'être jamais mariée ni avoir vécu avec quiconque, et pourtant on ne pourra rien reprocher à son apparence physique, extrêmement désirable.

Elle prit un air interloqué.

— Mme Gérard a repoussé tout homme de sa vie et regardé M. Cooper aller d'une relation à une autre, en espérant qu'un jour viendrait son tour. Mais cela ne s'est pas produit.

À ce point de son intervention, elle marqua une pause.

— Cela ne s'est pas produit parce que M. Cooper est un homme fidèle et profondément amoureux de son épouse dont il parle constamment, comme l'a souligné l'expert psychiatre qui vous a livré son rapport.

Elle se rapprocha du box des accusés.

— Parlons à présent de ce rapport justement. Aux dires de l'expert, Mme Gérard aurait une incapacité à ressentir de l'empathie pour autrui doublée d'une instabilité affective et relationnelle. Nous sommes face à une femme que les experts ont qualifiée de psychopathe. Une personne ayant un goût prononcé pour la manipulation, la séduction, et déniant toute personnalité à autrui.

Elle revint vers l'estrade des jurés.

— Alors oui, mesdames et messieurs, elle a été capable de tuer cinq êtres humains de sang-froid, sans verser la moindre larme, pas plus qu'elle n'en a versé durant ces jours de débats au cours desquels, vous n'avez comme moi vu aucun sentiment de culpabilité émaner de son attitude !

L'avocate pointa Nathalie du doigt une nouvelle fois.

— Cette femme a été capable d'organiser froidement une vengeance contre un homme dont elle savait qu'elle mourrait sans le conquérir. Elle est d'abord tombée dans la dépression quand elle a été prise au piège de la justice, puis a retrouvé le moral à compter de la mise en accusation de cet homme qu'elle a pourchassé de sa vengeance, pour l'unique raison qu'il ne l'a pas aimée.

Elle marqua de nouveau une pause.

— Ces jours de débats ont vu défiler devant vous de nombreux témoins tout comme ont été faites de nombreuses déclarations, mais une seule a marqué mon esprit.

Elle dévisagea tour à tour l'ensemble des jurés.

— Elle a marqué mon esprit parce que je l'ai vécue face à Mme Gérard, une femme à la rancune tenace qui a déclaré devant le juge instructeur : « Tu n'es qu'une petite pourriture et je te jure que je t'anéantirai ! »

Elle se tut et conclut d'un air désolé.

— Et c'est bien triste, car vous et moi ne sommes là, aujourd'hui, que pour permettre à cette femme d'assouvir sa vengeance !

Patrick aurait applaudi s'il avait pu, tant il avait apprécié cette plaidoirie. Il regardait son avocate avec satisfaction. Le président Servant donna la parole à Serge.

— Mme Gérard n'aurait avoué cinq crimes que dans le seul objectif d'assouvir sa vengeance, vous dit en substance ma consœur... Vengeance contre un homme qu'elle aime, mais qui ne l'aurait pas aimée en retour !

Il se dirigea vers l'estrade des jurés.

— Mesdames et messieurs de la cour et des jurés, pensez-vous qu'une personne saine d'esprit accepterait de passer le restant de ses jours en prison dans le seul but de se venger d'un homme parce qu'il ne l'aurait pas aimée ?

Il s'interrompit comme s'il attendait une réponse.

— Répondre par l'affirmative à cette question serait admettre que Mme Gérard avait programmé la commission des meurtres ainsi que les aveux qui en résulteraient dans l'unique dessein de permettre à la justice de la condamner, et d'emporter par la même occasion un homme innocent. Dans ce cas, cela ne s'appellerait pas une vengeance, mais un suicide !

Il marcha vers le box des accusés en se rapprochant de Patrick.

— En revanche, répondre par la négative et admettre qu'elle n'aurait tué que par amour pour cet homme, qu'elle adule depuis trente ans, parce que acculé il lui aurait demandé de commettre ces crimes pour se sortir d'une situation intenable devient alors totalement admissible, voire logique.

Il marqua une pause.

— En réalité, c'est la seule explication logique pour justifier ces crimes.

Il fixa Me Tanner.

— Ma consœur a dit que les preuves contre M. Cooper et Merculix étaient, peu ou prou, inexistantes. Elle me permettra de la contredire, car de nombreux éléments déclarés par Mme Gérard sont avérés et plaident tous pour la participation de M. Cooper en tant qu'instigateur de ces meurtres.

Il leva un pouce.

— Le premier élément avéré et incontestable est que la société Merculix développe actuellement un anticancéreux dénommé le Linosa, non encore mis sur le marché et dont M. Cooper est directement en charge.

Il ajouta au pouce l'index.

— Le deuxième élément incontestable est que le traitement de M. Sylla, quoi qu'on en dise, a été déclaré miraculeux par de nombreux patients de ce dernier, comme le prouvent les attestations fournies et les témoins qui ont défilé à la barre. L'expert nous a confirmé qu'il ne pouvait s'agir d'un effet placebo.

Il leva ensuite le majeur.

— Le troisième élément incontestable est que Mme Gérard a bien rencontré M. Cooper avant son rendez-vous avec M. Sylla, conformément à ses affirmations. La standardiste a d'ailleurs trouvé inhabituelle cette présence chez Merculix à une heure particulièrement matinale… Pourquoi était-elle chez Merculix aux aurores?

Il ajouta ensuite l'annulaire.

— Le quatrième élément incontestable est que Mme Gérard a bien perçu une somme singulièrement importante de Merculix, d'un montant de 1,5 million de dollars, soit trois fois plus que ce qu'elle percevait habituellement pour des prestations similaires, ceci de manière inexpliquée… Pourquoi la société Merculix a-t-elle versé une telle somme à Mme Gérard? Aucune explication acceptable n'a été fournie par M. Cooper.

Il leva enfin l'auriculaire.

— Le cinquième élément incontestable est que la société Merculix s'est farouchement opposée à l'examen de ses serveurs et des disques durs des matériels informatiques saisis, en y introduisant des clés de chiffrement extrêmement difficiles à surmonter, ce qui n'a pas permis les investigations des officiers de police. Qu'y avait-il dans les ordinateurs de Merculix de si important à dissimuler?

Serge observa Patrick.

— Le dernier élément incontestable est que la société Merculix a été traînée en justice par des milliers de patients du fait de son poison dénommé le Vacanix, depuis retiré du marché. Et pour quelle raison?

Il continuait à fixer Patrick du regard.

— Parce qu'étant informée des effets indésirables, dès le

lancement de son médicament, elle a continué de donner des instructions à ses délégués médicaux pour qu'ils induisent les médecins en erreur sur la sécurité du Vacanix, causant ainsi le décès de dizaines de milliers de personnes. Vous avez été les témoins de manifestants qui ont hurlé, durant le témoignage de M. Johnson, « MERCULIX assassin ! ». Si la société Merculix a été capable de sacrifier la vie de dizaines de milliers d'individus, que représenterait, pour elle, la vie de cinq innocents ?

L'avocat s'interrompit, puis pointa du doigt Patrick.

— Rappelez-vous le témoignage de l'expert psychiatre concernant cet homme. L'expert nous a révélé qu'il était un manipulateur, ayant une forte tendance à mettre en place des stratégies conscientes et calculées pour atteindre un objectif.

Il se tourna vers le jury.

— Appliquant à la lettre ce trait de sa personnalité, il a mis en œuvre de manière consciente une stratégie pour amener Mme Gérard à l'accompagner dans le meurtre de M. Hugues, et des quatre autres individus qui n'étaient, pour lui, que des dommages collatéraux.

Il marqua une pause.

— Il est vrai que Mme Gérard a également été qualifiée de psychopathe. Mais M. Cooper, fin manipulateur, avait besoin du bras armé d'une personne ayant un profil de psychopathe pour accomplir sa basse besogne.

Puis il pointa du doigt Nathalie.

— Cette femme est coupable d'avoir tué cinq personnes, mais elle a aussi eu le courage de l'avouer. Elle l'a certes fait pour un motif qu'on ne peut excuser, mais pour un motif qu'on peut tenter de comprendre : à savoir l'amour.

Puis l'avocat désigna Patrick.

— Cet homme est coupable d'avoir tué cinq personnes, mais, contrairement à Mme Gérard, il a choisi de ne pas assumer ces crimes. Et pire que de ne pas les assumer, il a tué pour un motif qu'on ne peut ni comprendre ni encore moins excuser. À savoir par cupidité.

Il se tourna vers le jury.

— L'expert psychiatre a conclu en disant de M. Cooper qu'il peinait énormément à reconnaître et à admettre ses responsabilités.

Puis il s'avança vers eux.

— Il est de votre devoir, mesdames et messieurs de la cour et des jurés, de ne pas permettre à cet homme de mettre en œuvre, à votre détriment, son arme de destruction massive qui est la manipulation ! Et ce faisant, de réussir, en vous utilisant, à échapper à ses responsabilités devant la justice.

Béatrice le regardait, les yeux brillants de fierté. Il ne pouvait faire une meilleure plaidoirie. Nathalie aussi paraissait satisfaite. Puis la cour et les jurés s'éclipsèrent pour délibérer.

La décision finale répondrait à deux interrogations simples concernant les accusés. Étaient-ils coupables ? Et si « oui », pour quelle peine ?

En salle des délibérés, si, grâce à leurs aveux, la réponse sur la culpabilité de Nathalie et Diénéba ne soulevait aucun débat pour les jurés, celle de Patrick relevait, en revanche, d'un choix cornélien. Même si les votes se feraient à bulletin secret, les trois magistrats, y compris le président Servant, et les six jurés devaient la déterminer ensemble et toute condamnation devrait recueillir au moins six voix. Les discussions durèrent ainsi pendant quatre heures au terme desquelles chacun des jurés vota sans certitude absolue. Ils se contentèrent de respecter leur serment, à savoir juger en leur âme et conscience en ne se laissant guider que par leur intime conviction.

Ils regagnèrent leur siège, et le président fit de nouveau entrer les accusés. L'atmosphère de la salle portait tout le poids de ce choix, à l'issue forcément dramatique. Une rare intensité émanait des visages des accusés. Patrick était d'une lividité inquiétante. Même Nathalie peinait à faire bonne figure. Pour la première fois, la peur se lisait dans son regard. Diénéba se contenait pour ne pas sangloter. Le frémissement de ses lèvres était visible même pour le public. Le président appela d'abord Nathalie. Elle se leva et écouta, sans réaction, l'annonce de sa culpabilité, qui résonna comme un non-événement. Le président appela ensuite Patrick. De blafard, il devint bleuâtre. Il sentait monter en lui une nausée qu'il craignait de ne pouvoir contenir. Nathalie semblait tout à coup frappée de la maladie de Parkinson, tant ses mains tremblaient. Le président continua sur un ton solennel.

— Monsieur Cooper, à la question : « L'accusé Patrick Cooper est-il coupable d'avoir volontairement donné la mort à Mme Sonia Bourguiba, Mme Aïssatou Camara, M. Abdoulaye Diallo, Mme… »

Nathalie sentait des gouttes de sueur couler le long de ses tempes. Une pression inénarrable venait comprimer sa poitrine. Elle attrapa le rebord en bois qui lui faisait face. Une réponse positive à cette question était la seule raison pour laquelle elle avait organisé ce suicide. Le silence assourdissant qui culminait à cet instant et accompagnait tel un supplice l'énoncé des noms par le président l'engourdissait. Elle le fixait, transie, le regard sclérosé, appelant tout en redoutant le prononcé du nom de la dernière victime. Le magistrat y vint enfin, et poursuivit sur un ton sans appel.

— La réponse est « non ».

9

À l'annonce de ce verdict, des sanglots et sans doute la folie avaient pris possession du corps efflanqué de Nathalie, lui déclenchant une sorte d'évacuation cathartique. D'abord, ce fut une mer indicible de cris et de lamentations qui jaillirent. Puis un torrent de haine et de vomissures contre les juges et les jurés. Elle hurla en arrachant son chignon telle une furie :

— Bande de demeurés, de débiles profonds ! D'arriérés à la con ! Vous réalisez ce que vous avez fait ?! Pourquoi? Mais POURQUOI ?!!

Puis ce fut au tour de Patrick, à qui elle destina des yeux de démente :

— Je te hais ! Je te hais ! Tu n'es pas un homme Patrick, tu n'es une qu'une petite merde ! Une pourriture ! Le fatum se chargera de ton cas Patrick ! Je te jure tu le paieras !

Cette tragédie se jouait devant un Serge désespéré et impuissant. Elle fut transportée, comme un meuble, par les officiers de police vers son destin. Son ex-partenaire échappait à la prison en dépit des homicides dont il était le brillant fomentateur, grâce à l'aide remarquable de Me Tanner, véritable cheffe d'orchestre de cette grande évasion. Nathalie écopait de vingt années de réclusion criminelle. Serge lui avait parlé du risque qu'elle courait et ce qu'il avait prédit se réalisait : elle traverserait son enfer seule. Diénéba s'était évanouie au prononcé du « oui » par le président Servant, de sorte qu'elle n'avait pas entendu que sa peine avait été ramenée à dix ans par les magistrats et les jurés.

Rue de Courcelles, 11 novembre 2019

En ce week-end qui suivait la clôture du procès, Clotaire, qui n'avait pu assister aux audiences, avait retrouvé Béatrice chez elle, tant pour en avoir le compte rendu que pour soutenir son amie. Affalés sur le canapé de son salon, ils partageaient une pizza en évoquant le verdict qui avait rayé d'un trait de plume tous leurs espoirs de faire tomber Patrick.

— Il nous a servi un festival de bobards, son avocate une plaidoirie à la con à grand renfort de formules chocs, et le « non » du juge a porté l'estocade. Ce verdict est injuste, sexiste et brutal. On pourrait invoquer l'accident, moi, je crois que le système judiciaire de ce pays est en panne.

— Tu es de mauvaise foi, B., en plus de manquer de fair-play. S'ils ont gagné, c'est qu'ils ont été meilleurs. Et la justice n'est pas rendue par des machines, il faut accepter sa part d'irrationnel.

— Non, je ne l'accepte pas ! Excuse-moi, mais j'ai quelques difficultés à faire passer cette pilule.

Après une longue minute silencieuse, Clotaire poursuivit.

— Tu lui as parlé depuis ?

— À peine. Il m'a juste appelée hier pour m'informer qu'il venait de sortir. Je lui ai répondu que grand bien lui fasse, et l'ai invité à venir débarrasser ses affaires d'ici la fin de la semaine, sinon je filerais tout à l'abbé Pier…

Son téléphone sonna et l'interrompit. Quand elle raccrocha, elle annonça que c'était Serge.

— Il arrive, ajouta-t-elle.

Béatrice observa son ami se lever et attraper sa veste.

— Tu t'en vas ?

— Tu me pardonneras, mais je ne vois pas pourquoi je m'infligerais sa présence un dimanche. Je me le suis farci pendant six mois, j'espérais que la fin du procès marquerait la fin de mes souffrances.

— Tu exagères, Clo, il n'est pas si terrible.

— Tu as beau jeu de dire ça aujourd'hui, mais tu le détestais aussi il y a peu. Maintenant, il t'appelle ma Béa, et te rend des visites le dimanche.

— Il vient pour qu'on échange sur l'appel. Allez, reste, s'il te plaît, en plus, j'aimerais lui parler de ton idée.

Quand Serge arriva, il se jeta sur les restes de pizza froide. Après avoir englouti celles de Béatrice, il lorgnait les parts dans la boîte de Clotaire.

— Tu comptes les finir ? interrogea-t-il en les pointant du menton.

— Je t'en prie, répondit Clotaire en lui tendant le carton.

— Merci, je sors de la boxe, je suis affamé.

Quand il fut repu, il déversa sa frustration.

— J'accepte la défaite, sauf quand j'ai le sentiment d'avoir boxé dans le vide. On n'a pas seulement perdu, on a loupé quelque chose.

— Tu parles du fameux agenda? demanda Béatrice.

— Pas que. L'agenda n'avait d'intérêt qu'à cause des noms des patients qui y figuraient. Or, ils ont tous été contactés, mais aucun n'a été sollicité par Merculix, ce qui est totalement illogique.

— Pas tant que ça, en fait. Clo a relevé un élément évident auquel on n'avait pas pensé. Vas-y, Clo, explique-lui.

Le médecin légiste se lança.

— Si Merculix ne voulait les noms des patients de Sylla que pour avoir un suivi de leur guérison, comment auraient-ils pu obtenir cette information sans passer par eux?

— Je ne sais pas, entama Serge. Peut-être par leurs médecins?

— Exactement! Plus précisément les oncologues.

— Bon sang, mais c'est bien sûr! s'exclama Serge. Je m'en veux de ne pas y avoir pensé.

Béatrice rebondit.

— Du coup, j'ai sollicité Mme Kharoubi, la femme de ménage d'Hugues, afin qu'elle essaie de trouver le numéro de celui d'Hugues. Fanny et moi le rencontrons demain.

12 novembre 2019, 10 heures

Le lendemain, Béatrice se présenta en compagnie de Fanny chez le Dr Garrigue, l'oncologue de Mme Kharoubi. L'homme qui les accueillit avait une soixantaine d'années. Son crâne ne comportait, en tout et pour tout, qu'une dizaine de cheveux qu'il avait choisi, pour une raison incongrue, de conserver longs jusqu'aux épaules. Après avoir parlé du procès qui venait de s'achever, Béatrice lui avait posé la question qui la tourmentait. Le médecin lui répondit sans hésitation qu'il avait été contacté il y avait plus d'un an par Merculix, qui, sous prétexte de ses recherches sur un anticancéreux, voulait le dossier médical d'Hugues. Lorsque les avocates lui demandèrent s'il acceptait d'en témoigner, il acquiesça et affirma même qu'il pouvait trouver d'autres confrères ayant été également contactés par Merculix. Il y posa toutefois une condition.

— Nous voulons, mes confrères et moi, monter une association contre le cancer et aimerions compter M. Sylla dans notre conseil d'administration en tant que vice-président. Il pourrait ainsi partager avec nous son expérience et son expertise sur cette question. J'avoue que je serais davantage motivé pour vous aider si nous pouvions impliquer M. Sylla dans notre association.

Béatrice prit un air embarrassé et indiqua qu'elle ne pensait pas que cela intéresserait Sylla. Mais le Dr Garrigue semblait décidé à ne pas lâcher le bout de gras.

— Vous ne voulez pas l'appeler pour lui demander ?

— Vous voulez dire maintenant ? interrogea-t-elle, interloquée.

L'oncologue croisa les bras. Elle prit son téléphone et composa le numéro en priant pour qu'il ne décrochât pas. Mais comme toutes ses prières du moment étaient vaines, il répondit. Sylla s'apprêtait à partir en voyage.

— Je me retire quelque temps dans mon village à Madina. Après la prison, le coma, les gens qui ne cessent de me harceler des quatre coins de la planète, sans parler des journalistes, j'ai besoin d'un peu de repos loin de cette agitation.

— Vous êtes simplement victime de votre succès bien mérité, Moussa.

— Vous savez, Béatrice, mon grand âge m'a appris que « l'œuf ne danse pas avec la pierre ». J'ai besoin de me ressourcer, si je ne veux pas me laisser emporter par ce tourbillon médiatique.

Béatrice demanda à Moussa s'il voulait parler avec l'oncologue qui lui jetait des regards insistants depuis le début de leur conversation. À cette question, il répondit par une de ses phrases à tiroir.

— Il ne me semble pas utile que nous échangions. Je vais vous laisser, ma chère Béatrice. Concernant ce monsieur, surtout souvenez-vous que « si un animal vous dit qu'il peut parler, il ment probablement ».

Si la signification de cette dernière citation avait échappé à l'avocate, elle réussit tout de même à obtenir la collaboration du médecin, en dépit de ses résistances. En le quittant, elle demanda à Fanny de lui transmettre la liste des patients dès son retour au cabinet. Béatrice, pour sa part, rebroussa chemin vers son appartement, où elle appela Serge pour lui livrer les résultats de son rendez-vous.

— C'est excellent ! Dis donc, je vais bientôt commencer à l'apprécier, le Schtroumpf grognon.

— Clotaire est d'une logique implac… Excuse-moi, Serge, ma ligne fixe sonne, je te rappelle.

Béatrice se précipita pour décrocher.

Il s'agissait d'un certain M. Henri Kameni, chargé de

clientèle d'Inside Bank. Elle était certaine de n'en avoir jamais entendu parler. M. Kameni lui expliqua que son mari possédait un coffre-fort dans leur agence qui devait fermer ses portes pour travaux. Ils invitaient ainsi tous leurs clients à vider les leurs de toute urgence.

— Nous avons envoyé plusieurs lettres à votre domicile et espérions que, du fait de son incarcération, un mandataire avait été désigné pour gérer ses affaires. En tout cas, j'ai encore tenté de le joindre sur son portable, mais sa messagerie doit être pleine, car on ne peut plus laisser de messages.

L'avocate avait raccroché en promettant au chargé de clientèle d'en informer son époux au plus vite. Après quelques minutes d'intenses réflexions, elle avait décidé d'ouvrir l'ensemble du courrier de Patrick, lequel était toujours livré à leur adresse. Elle tomba bien sur plusieurs lettres de relance d'Inside Bank, l'informant de la future fermeture de leur service de coffre-fort. Elle ne put s'empêcher de songer à l'agenda, mystérieusement disparu. Pouvait-il s'y trouver ? Dans l'affirmative, comment procéder pour y accéder ? Il fallait agir vite.

Elle échafauda un plan et rappela M. Kameni. Elle lui indiqua que Patrick, qui venait tout juste d'être libéré, était épuisé et lui demandait de se charger de la besogne, compte tenu de l'urgence. Mais elle n'avait pas la clé du fameux coffre. Le chargé de clientèle lui répondit qu'ils n'en possédaient pas de double et l'invita à se munir d'une autorisation pour procéder à l'effraction du coffre. Elle s'était doutée qu'il exigerait une procuration, ce qui ne serait pas un obstacle, car elle imitait la signature de Patrick à la perfection.

Béatrice se présenta le jour même à 14 heures à la banque, munie des deux autorisations sur lesquelles aucun commentaire ne fut émis. Le chargé de clientèle l'accompagna dans la salle des coffres. Un technicien du constructeur était présent et, après avoir effectué les travaux de forçage, procéda, non sans fierté, à l'ouverture fatidique. Il ne manquait que le son des tambours. Mais c'est la déception qui fut au rendez-vous. Le mystérieux agenda demeurait dramatiquement absent. En réalité, le coffre était vide, à l'exception d'une enveloppe qui trônait en son centre, et sur laquelle on pouvait lire sans lunettes : « Pour Béatrice ». Béatrice, pour sa part, était abasourdie. Elle ne savait que penser. Elle quitta la banque, déboussolée. Au touché, l'objet semblait contenir des documents. Elle préféra l'ouvrir au calme et en privé.

Installée sur le canapé rouge de son bureau, elle observait l'enveloppe comme une bombe à retardement. Elle prit une profonde inspiration et l'ouvrit. Mais il sembla que cette quête lui réservât encore quelques surprises. En lieu et place d'un document quelconque, elle contenait une lettre manuscrite de Patrick. Son cœur s'emballa. Les mains tremblantes, elle déplia lentement les feuilles, et en entama la lecture.

Ma chère Béatrice,
Ma femme, mon amour, ma chérie,

Si tu lis cette lettre aujourd'hui, c'est que j'ai été arrêté et que tu as accepté de venir me voir au parloir pour recevoir mes instructions.

Si j'ai été pris, c'est que Nathalie s'est fait justice et que celle-ci a réussi à me confondre. Inéluctablement avec ton aide précieuse. J'ai à présent une vie pour penser à mes actes.

Si j'ai été pris, une entreprise n'a peut-être pas été inquiétée et un homme, assurément pas. Cet homme n'a eu qu'à demander pour obtenir et je paie aussi pour qu'il demeure en paix. Je ne nie pas ma responsabilité. Mais aurais-je fait différemment si j'avais été seul à prendre les décisions qui s'imposaient ? Sans doute que non, parce qu'au fond Merculix a toujours été ma priorité, après toi. Mais je souhaite naïvement que oui, auquel cas, je serais un meilleur être humain que je ne le pense. J'imagine que nous ne le saurons jamais.

Je t'écris cette lettre depuis l'aéroport, à New York. Je serai à Paris dans quelques heures. J'ai repoussé ce départ autant que j'ai pu parce que j'étais paralysé par la peur. Celle de t'affronter et de te perdre.

Dans cet aéroport pourtant comble, je me sens si seul. Je souffre comme un enfant. Il est malheureusement acquis que, quand je rentrerai chez nous, je ne retrouverai pas tes bras, qui me sont certainement perdus à jamais. Dans toute cette histoire, ce sacrifice est celui qui me fait le plus de mal.

Un des plus beaux jours de mon existence restera la première fois où tu m'as répondu « moi aussi » quand je t'ai dit : « je t'aime », certainement pour la centième fois. T'en souviens-tu ? Te souviens-tu où nous étions ?

Retourne à cet endroit. Les éléments de preuve contre Peter et si besoin contre Merculix se trouvent dans ce lieu, érigé en temple, depuis ce jour. Il te suffira de soulever les planches de l'endroit où je t'ai fait l'amour passionnément après cette réponse à laquelle ma vie était jusqu'alors suspendue. À l'endroit où ton corps reposait nu sous mes yeux éblouis.

Tu trouveras un objet qui porte mes empreintes, mais également celles de Peter, soigneusement emballé. Protège-toi les mains avant de le toucher. Une clé USB y est accrochée avec un scotch. Elle contient des preuves compromettantes, ainsi que des fichiers retraçant notamment nos recherches sur le Linosa. Ils prouvent que nous avons incorporé des plantes issues des traitements de M. Sylla dans les principes actifs de sa nouvelle formule.

Sois extrêmement prudente. Peter est un homme dangereux qui a, en plus, le défaut d'avoir le bras exceptionnellement long. Tu n'as pas idée de ce qu'il est capable de faire. Agis vite et avec beaucoup de précautions. Ne te fie à personne, même pas à celle en qui tu penses avoir le plus confiance. J'ai appris que les gens avaient souvent un prix qu'il suffisait de trouver. Quand tu auras cette lettre entre les mains, ne va pas directement dans ce lieu. Prends ta voiture et brouille les pistes autant que tu peux, on ne sait jamais, au cas où tu serais suivie. J'espère que je ne te mets pas en danger en te confiant ceci. Cela me tuerait.

Ma passion pour ce lieu confine au fétichisme. Je m'y suis occasionnellement rendu en secret. J'y suis retourné quand tes bras ne suffisaient plus à apaiser mes démons. Cet endroit portera à jamais le souvenir de nos deux corps vibrant à l'unisson, allongés l'un près de l'autre.

Alors que je suis enfermé ici, sois certaine que le pire est le manque de toi. J'aimerais un remède pour te chasser de mes pensées, mais les souvenirs de notre vie ensemble sont tout ce qui me reste.

Ne doute pas, comme l'a écrit Lewis Mumfor, dans une lettre à sa femme, que « si nous ne devions plus nous rencontrer de toute notre vie, je penserais quand même que l'aventure de mon existence est justifiée par le fait de t'avoir connue ».

Béatrice, je t'aimerai jusqu'à ma mort.

Patrick.

L'encre bleue de la lettre dégoulinait par endroits, imbibée des larmes de Béatrice. Elle s'effondra sur le dossier du canapé, assaillie par le poids de sentiments multiples. Elle prenait également la mesure des conséquences explosives qui s'annonçaient tant pour Peter que pour Merculix. Nathalie, dans une hystérie mémorable, avait maudit Patrick quelques jours plus tôt. Le fatum devait se charger de son cas, avait-elle hurlé. Il sembla qu'au moins cette prière soit sur le point d'être entendue. Elle était frappée par l'ironie d'une situation qui semblait se reproduire telle une malédiction pour les criminels de cette affaire. Patrick, désespéré, avait anticipé son éventuelle condamnation et, à l'instar de Nathalie, avait décidé de livrer le coupable à l'origine de ses actes. Les personnages de cette tragédie étaient comparables à des dominos géants piégés sur une table de jeu maudite par le destin, où ils étaient tous liés, malgré eux, les uns aux autres. Le premier faux mouvement de l'un entraînait une réaction en chaîne fatale pour tous. Elle devait agir si elle voulait préserver les preuves qu'il venait de lui livrer sur un plateau, pour peu qu'elles soient toujours dissimulées au lieu qu'il avait indiqué. Elle appela Fanny pour l'informer de son absence au cabinet le lendemain et se précipita dans la cuisine. Elle ouvrit le tiroir situé sous l'évier dans lequel ils rangeaient des tas de babioles. Un trousseau de clés était logé au fond du meuble. Elle s'en empara et gagna sa Land Rover.

L'avocate roula, submergée par des sentiments qu'elle croyait derrière elle. Ce lieu qu'elle connaissait intimement n'était autre que le sous-sol de la maison familiale des Fosso, où ils passaient leurs week-ends. Savoir qu'il s'y rendait à son insu l'émut aux larmes. Elle arriva dans une banlieue dénommée Marolles-en-Hurepoix et se gara sur le parking en plein air de sa gare. Béatrice se rendit ensuite à pied jusqu'aux grilles d'un portail derrière lequel on distinguait une maison entourée d'arbres et de végétation verdoyante. Après avoir parcouru du regard les alentours, elle enfonça discrètement une grande clé dans la serrure en fer et pénétra dans le domaine. Une porte en bois de sapin lasuré recouverte de lierres, semblable à des serpents touffus, stoppés dans leur glissement, gisait au fond de la cour. Elle l'ouvrit et pressa l'interrupteur. Un éclairage jaune jaillit du plafond. L'avocate descendit les escaliers en s'agrippant à la rampe. En arrivant à la dernière marche, elle fut assaillie par l'odeur de l'humidité et de la cire. Ces senteurs la plongèrent dans des souvenirs heureux. Elle se rappela ce jour décrit par Patrick dans sa lettre.

Ils étaient venus passer quelques jours loin de Paris dans cette villa. Ils avaient entrepris d'effectuer le rangement complet de ce sous-sol dans lequel régnait un désordre sans doute volontaire. Agathe y entreposait toutes sortes de vieux meubles, livres ou objets dont elle peinait à se séparer. Béatrice avait été prise d'une grosse fatigue devant le travail à faire et avait proposé à Patrick de reporter ce chantier. Au réveil, alors qu'elle s'était offert une grasse matinée royale jusqu'à midi, elle l'avait retrouvé dans un sous-sol méconnaissable. Debout depuis l'aube, il avait tout rangé avec précision. Elle avait observé la pièce avec admiration et d'émoi. Quand elle lui avait demandé pourquoi il ne l'avait pas réveillée, il l'avait prise par la taille et lui avait répondu cette phrase si clichée et dont chaque mot restait encore gravé dans sa mémoire : « Je voulais t'épargner tout ça, tu dormais si bien, ma Belle au bois dormant ». Il avait ensuite prononcé ces deux mots qu'il lui répétait à souhait depuis bientôt un an, en espérant qu'ils trouveraient un écho en elle. Béatrice avait alors été frappée par une évidence et lui avait répondu « moi aussi » sans la moindre hésitation.

Elle laissa son corps se diriger presque d'instinct vers l'endroit qui portait les souvenirs de leurs ébats passionnés. Elle s'accroupit, écarta le tapis qui recouvrait le parquet épais en bois de chêne dont trois planches étaient un peu surélevées, les souleva et vit un sac noir en tissu portant le logo de Merculix. Il renfermait un agenda de couleur marron sur lequel était dessinée une carte du Sénégal. Une clé USB était fixée par un scotch sur la couverture. L'avocate enfouit le tout dans son sac et sortit en refermant la porte à clé.

Quand elle monta dans sa voiture stationnée à la gare et mit le contact, la phrase de Patrick « On ne sait jamais au cas où tu serais suivie » résonna dans son esprit comme un avertissement. Elle frémit en scrutant son rétroviseur. Son téléphone sonna au même moment et la fit sursauter. C'était Patrick. Était-ce un hasard ? Elle fixa l'appareil, gagnée par une inquiétude incontrôlable. Après avoir tergiversé, elle le balança dans la boîte à gants et se précipita vers l'embouchure de la gare.

Le même jour, 16 heures

— Je viens de ressortir de l'hôtel, je me rends à l'appartement pour récupérer quelques affaires.

Confortablement installé dans la berline noire que Merculix avait fait envoyer pour l'accueillir à sa sortie de prison, Patrick s'entretenait avec Peter. Le chauffeur, devenu plus intime que son ombre, l'accompagnait dans tous ses déplacements. Il n'avait pas quitté les environs de son hôtel depuis qu'il l'y avait déposé le samedi.

— Je pars de Paris ce soir, répondit son patron. J'aimerais te voir avant mon départ. Dans combien de temps peux-tu être au siège ?

— Je serai là d'ici une demi-heure.

Le chauffeur se gara devant l'entrée de son immeuble boulevard des Batignolles. Le DG appela Béatrice pour l'avertir de son arrivée, mais celle-ci ne décrocha pas. Il descendit du véhicule.

— Je reviens d'ici un quart d'heure maximum, indiqua-t-il au conducteur.

Quand il pénétra dans l'appartement, il fut soulagé de ne pas y trouver son épouse. Comme il se dirigeait vers son dressing, ses yeux croisèrent une masse de courriers éparpillés sur la table du salon. Patrick les prit au hasard et les parcourut. Il crut devenir fou quand il tomba sur ceux d'Inside Bank. Il se précipita sur son téléphone et composa le numéro de l'agence. M. Kameni, surpris de son appel, lui indiqua que sa femme avait récupéré le contenu du coffre deux heures plus tôt, conformément à sa demande. Il raccrocha sans plus de commentaire et se rua vers le tiroir de la cuisine dans lequel les clés de la villa étaient rangées. Il constata, désemparé, qu'elles ne s'y trouvaient plus. Il tenta à nouveau de joindre sa femme, d'abord sur son portable puis au cabinet. En vain. Fanny lui indiqua simplement qu'elle était absente. Il appela ensuite Agathe sur toutes ses lignes, mais elle ignora ses appels.

Aucun doute n'était désormais permis. Béatrice détenait ou était sur le point de détenir de quoi le renvoyer derrière les barreaux jusqu'à la fin de ses jours. Assis sur le canapé du séjour, la tête entre les mains, la seule phrase qui lui vint à l'esprit fut : « Je suis mort ! » Il envisageait de se lancer à sa poursuite quand son téléphone retentit. C'était Peter. Le DG grimaça, il n'avait pas réalisé qu'une heure s'était écoulée depuis qu'il avait quitté son chauffeur. Il repartit pour le siège de Merculix, en tentant de masquer son désarroi.

Peter lui adressa de brèves salutations et alla, comme à son habitude, droit au but.

— Tu avais dit à Tanner que tu avais perdu l'agenda à l'aéroport, mais toi et moi savons que ton histoire de perte de l'agenda dans un aéroport, c'est du bidon !

Tout en parlant, Johnson le gratifiait de son sourire

carnassier ultrablanc. Des gouttes de sueur se formèrent sur les tempes du DG et il répondit qu'il n'avait pas remis l'agenda à Tanner, car il ne voulait pas être imprudent.

— Donc tu as toujours cet agenda, c'est bien ça?

Patrick le dévisageait, paralysé. En attendant que la bombe à retardement entre les mains de Béatrice ne leur explose au visage, il trouva une explication provisoire à laquelle lui-même n'aurait pas cru : l'agenda avait disparu du coffre-fort de sa chambre d'hôtel durant l'enquête. Mais Johnson n'était pas dupe, il le fusilla du regard. Patrick, ne parvenant plus à soutenir son regard bleu fournaise, détourna les yeux.

— Tu veux que je te dise ce que je pense? lança le CEO. En réalité, tu as été pris à ton propre jeu. Tu voulais assurer tes arrières en vue du procès en conservant cet agenda, je ne sais où, dans le but inavoué de m'entuber en cas de besoin. Mais le procès fini, tu l'as recherché et ne l'as plus retrouvé. C'est bien ça?

— Non, c'est faux. En plus je n'ai aucun intérêt à conserver cet agenda, surtout aujourd'hui. Si je l'avais, je te l'aurais remis!

Peter se releva et se mit à arpenter la pièce d'un pas lent, dont le bruit résonnait comme les coups d'une crucifixion.

— Ta femme ne serait-elle pas derrière tout ça?

Il sentit ses membres se liquéfier.

— Ma femme? Pourquoi tu dis ça?

— Elle a rencontré un des oncologues qu'on avait contactés. Alors je sais qu'elle n'a pas abandonné son enquête. Elle est extrêmement dangereuse et ne rêve que de nous détruire! Toi y compris, Patrick, ne l'oublie pas!

— Je l'ignorais. Mais sincèrement, je doute que ce soit elle.

Après le départ de son patron, il fut pris de vertiges. De l'aveu de celui-ci, Béatrice était suivie. Il songea à se rendre à la villa, mais cette idée pouvait s'avérer la pire des solutions, car il était lui aussi surveillé par le chauffeur de Peter. Il prit son téléphone et tenta à nouveau de la joindre. Il laissa tomber l'appareil. L'idée qu'il ait pu la mettre en danger l'empêchait de respirer.

13 novembre, à 19 heures

— Putain ! Je n'arrive pas à croire qu'on m'ait encore piqué ma bagnole !

Béatrice pestait à voix haute en tournant en rond sur le parking de la gare de Marolles-en-Hurepoix où elle avait garé son véhicule. Après avoir scruté une à une toutes les voitures, elle avait dû se rendre à l'évidence : la sienne avait été volée. La peur d'être tracée l'ayant contrainte à y abandonner son portable, elle se résolut à guetter un taxi. Par chance, un se présenta rapidement.

Quand elle introduisit les clés dans la serrure de chez elle, elle réalisa que la porte avait été claquée à la hâte. L'avocate inspira profondément avant de pénétrer dans l'appartement. Toutes les fenêtres étaient closes et aucun rai de lumière ne filtrait. Béatrice cherchait des mains l'interrupteur quand ses oreilles perçurent une respiration étouffée. Les pulsations de son cœur accélérèrent, investissant tout son corps jusqu'aux pointes de ses orteils. Elle n'était pas seule. Elle s'avança, tremblante, et soudain elle trébucha. Sa tête percuta le sol et elle sentit quelque chose d'aussi imperceptible qu'un courant d'air la frôler. Elle bondit et courut sur le palier. En jetant un coup d'œil hésitant vers l'appartement dont la porte était restée entrouverte, elle aperçut un liquide visqueux sur le parquet. Elle revint d'un pas fébrile et ouvrit en grand. Une mer rouge s'étendait à l'entrée du séjour et le corps de Patrick baignait dedans. Elle poussa un hurlement.

— Seigneur, Patrick ! Patrick ! brailla-t-elle. Qu'est-ce qui s'est passé ? Réponds-moi, s'il te plaît, réponds-moi.

Ses yeux inertes fixaient le plafond. Elle prit sa tête en tremblant. Il la regardait, immobile, essayant de prononcer des paroles qui restaient coincées dans sa gorge.

— Hm… e… e…

— Ne bouge pas, ça va aller, s'il te plaît, tiens bon, beugla-t-elle.

Elle se précipita vers le buffet et composa le 18. Quand elle revint, sa peau était d'une pâleur extrême et il continuait à se vider de son sang. Béatrice remarqua alors plusieurs plaies situées entre le thorax et l'abdomen. Après s'être munie de serviettes propres, elle s'en servit pour comprimer les blessures afin de contenir l'hémorragie. Le regard de Patrick était vitreux et il parvenait à peine à garder les yeux ouverts. Il ne semblait pas souffrir, mais était davantage en quête d'air. Elle s'assit et posa la tête de son mari sur ses cuisses, et le berça comme un enfant. L'avocate lui caressait le front, épongeant encore et encore le torrent de larmes qu'elle y déversait. Elle s'entendit lui promettre qu'elle renoncerait à son sordide désir de vengeance, qu'elle brûlerait l'agenda s'il restait en vie.

Patrick la fixait, des larmes glissaient lentement de ses yeux, s'enlaçant à celles de sa bien-aimée dans une ultime communion. Il tenta de lever le bras pour la toucher. Béatrice s'en rendit compte et prit sa main pour l'accompagner jusqu'à sa joue. Il sourit paisiblement. Les yeux de sa femme étaient remplis d'un amour qu'il n'y avait pas vu depuis si longtemps. Il voulait lui dire le bonheur qu'il éprouvait à cet instant mais rien ne parvenait à franchir ses lèvres. Son corps était si épuisé. Elle lui rendit son sourire et comprit qu'il tentait de lui dire quelque chose. Elle rapprocha son oreille de ses lèvres. Patrick murmura d'une voix à peine audible :

— J…e…eu t'ai…

Il ne put finir sa phrase. Mais il devina, pendant que la vie le quittait, qu'elle avait compris. Il était heureux, elle était en vie, et le dernier visage qu'il vit fut le sien. Il ne pouvait rêver meilleure fin.

Peter lisait le journal dans son bureau à New York, quand son téléphone sonna.

— Je vous écoute.

Un homme à la voix rocailleuse était à l'autre bout du fil.

— C'est fait.

— Merci.

Peter raccrocha et reprit sa lecture.

10

14 novembre 2019, 2 heures

Elle restait assise dans la pénombre, les mains tremblantes, l'esprit habité par la vision de la mare de sang qu'elle avait découverte en pénétrant dans l'appartement quelques heures plus tôt. L'arrivée des pompiers avait été suivie de celle des officiers de police judiciaire accompagnés du médecin légiste, et des experts de la police scientifique. Ils avaient procédé au gel des lieux par un rubalise autour de la zone où se trouvait le corps inanimé de Patrick. Elle avait observé, paralysée, ces techniciens vêtus de leurs combinaisons blanches, de masques, de gants et de chaussons, prendre des photos de la position du corps, rechercher la présence de fibres, de tissus, d'empreintes, ou de peau incrustée sous les ongles d'un Patrick réduit à l'état d'objet entre leurs mains expertes. Ils avaient disposé dans le périmètre de la scène de crime des cavaliers en plastique jaune afin de marquer avec précision l'emplacement des indices. Des indices ? Il y en avait peu, même l'arme du crime était introuvable. Peter s'était muni de précautions pour qu'il n'y ait aucune trace l'incriminant. Les seuls éléments sur place visaient à pointer tous les doigts vers un autre coupable, parfaitement choisi. Son plan était purement machiavélique. Elle était encore ahurie par la tournure que prenaient les événements quand elle aperçut Sandro lui faire signe à travers la porte vitrée de la cellule dans laquelle elle avait été conduite deux heures plus tôt. Il entra dans sa geôle, les mains chargées de couvertures.

— Tenez, vous serez mieux installée avec ceci, dit-il, en les lui tendant.

— Merci beaucoup, Sandro. C'est dommage que ce ne soit pas vous, l'enquêteur, sur cette affaire. Votre collègue est tellement détestable.

— Je ne le pouvais pas. Vous en comprenez les raisons, n'est-ce pas, Béatrice? Il fallait quelqu'un d'objectif, j'aurais été incapable de l'être avec vous. L'officier Larret ne fait que son travail. Si vous êtes innocente, vous vous en sortirez, j'en suis certain.

— Si je suis innocente? répondit-elle, outrée. Ne dites pas ça, Sandro, vous me blessez terriblement.

— Je sais, pardonnez-moi, répondit-il, avec douceur. Je vais vous laisser. Tâchez de dormir un peu si vous le pouvez, pour être prête pour votre audition de demain matin. OK?

Il se dirigea vers la porte de la cellule, puis s'arrêta pour lui jeter un dernier regard.

— Il y a des jours où je déteste profondément mon métier. Et celui-ci en fait partie.

— Merci Sandro, mais je suis la victime d'un plan trop bien ficelé, croyez-moi.

Il était de fait fort bien ficelé, et elle s'en rendait compte. L'émacié Larret était arrivé en compagnie de trois autres officiers après les pompiers. Après l'avoir laissée reprendre ses esprits et remettre les vêtements qu'elle portait aux experts de la police scientifique, Larret avait débuté par des questions qui lui avaient semblé, au départ, de pure forme. Elle devait raconter le déroulement de sa journée et plus particulièrement de sa soirée. Elle l'avait fait en prenant soin d'omettre la question des preuves qu'elle détenait, estimant le sujet encore sensible pour l'heure. L'officier était revenu à plusieurs reprises à la charge lui demandant sans cesse de repréciser des détails.

— Comme je vous l'indiquais, en sortant du cabinet en fin d'après-midi, vers 18 heures, je me suis rendue dans le 91, à Marolles-en-Hurepoix, pour récupérer ma voiture garée là-bas depuis la veille. Mais elle avait disparu, avec mon portable que j'avais oublié à l'intérieur. J'ai donc pris un taxi pour le retour. Quand je suis entrée dans mon appartement, j'ai découvert mon mari baignant dans une mare de sang. Il était encore conscient, mais continuait à saigner énormément. Je suppose donc que le meurtrier avait dû quitter les lieux juste avant mon arrivée.

— Et vous n'avez croisé personne en arrivant ?

— Non, j'ai pris l'ascenseur. Peut-être qu'il avait pris les escaliers ou était sorti de l'immeuble juste avant moi.

Alors que Larret continuait de la harceler de questions, un des officiers les avait interrompus.

— Ce téléphone appartient-il à votre époux ?

Il lui présentait un portable dont la vision la terrifia.

— Le téléphone est-il à votre époux, madame Cooper ? insista Larret.

— Il s'agit du mien, murmura-t-elle, médusée. Mais je ne comprends pas ce qu'il fait là.

Larret embraya à toute vitesse.

— Est-ce le même portable que vous aviez oublié dans votre voiture ?

Se trouvant dépassée par les événements, elle se mit à bafouiller.

— Manifestement, mais monsieur… j'avoue que… Mon Dieu je ne comprends pas pourquoi il est là… Je ne l'avais pas en entrant, j'en suis certaine !

Puis la présence du portable appela celle de son véhicule disparu.

— Vous nous avez indiqué que votre automobile avait également disparu à la gare, c'est bien cela ? enchaîna Larret, sans lui laisser de répit.

— Oui, je ne l'ai pas retrouvée et je suis convaincue que le téléphone se trouvait à l'intérieur.

— Quels sont la marque et le type de votre véhicule, madame Cooper ?

Elle déglutit. Elle commençait à redouter que celui-ci n'ait pas été volé et puisse se trouver à sa place, dans son parking, telle une malédiction.

— C'est une Land Rover Evoque de couleur noire, murmura-t-elle, fébrile.

— Pouvons-nous vérifier votre parking, madame ?

Cette crainte se confirma. Pour une fois, elle aurait préféré ne jamais revoir sa Land Rover. Elle était bien garée à sa place sans qu'elle pût ni sût comment l'expliquer à l'officier, trop heureux d'avoir une piste solide en à peine deux heures de travail. Il prononça donc sa garde à vue et prit contact avec le bâtonnier pour mettre en œuvre les opérations de saisie dans son appartement et son cabinet.

Allongée sous les couvertures chaudes fournies par Sandro, elle était convaincue que l'ombre de Johnson planait sur ce crime mais comprenait pour des raisons évidentes qu'il n'avait pu agir seul, elle était entourée d'ennemis invisibles qui avançaient masqués. Son téléphone était réapparu comme par magie non loin du corps de Patrick. Or elle était certaine qu'il ne s'y trouvait pas avant l'arrivée des policiers. Une conclusion indéniable semblait s'imposer : des officiers travaillaient pour Johnson. Après avoir purement et simplement fait liquider Patrick parce qu'il avait eu le malheur de devenir gênant, Johnson avait pris le parti de la mettre hors jeu afin de l'empêcher de lui nuire. Patrick avait dit de lui qu'il avait « le bras exceptionnellement long ». Elle ne pouvait qu'approuver cette analyse et se préparer à un combat contre des ennemis sans visage.

14 novembre 2019, 10 heures

Béatrice attendait Serge, qu'elle avait fait appeler pour sa défense dans un des bureaux de la PJ prévu pour les entretiens avec les avocats. Le regard rivé sur la table qui lui faisait face, elle sentait l'étau se resserrer et sa mise en examen inévitable. Ses yeux étaient congestionnés par les larmes qu'elle avait versées. Mais elle devait se ressaisir et surmonter le traumatisme.

Quand Serge arriva, il la trouva hagarde. Elle lui expliqua brièvement et de manière fort décousue les circonstances de sa garde à vue. L'avocat l'écoutait, circonspect.

— Je ne comprends pas, Béa. Pourquoi Peter aurait-il voulu se débarrasser de Patrick pour te faire accuser ? Il manque un fil conducteur à ton histoire. J'ai l'étrange sentiment que tu ne me dis pas tout, non ?

Béatrice hésita, mais, ne sachant plus à qui se fier, elle était convaincue que la salle d'audition était sous écoute des sbires infiltrés de Peter. Après avoir tergiversé, elle lui dit simplement :

— Tu comprendras le moment venu.

Larret toqua pour mettre fin à l'entretien. Cet officier était un homme qu'elle avait toujours trouvé transparent. La trentaine, fluet, au regard acéré, il se fondait si bien dans le paysage qu'elle en oubliait sa présence lors des interrogatoires avec Sandro. Elle le détaillait en se demandant s'il était un des flics corrompus par Peter. Mais comment le vérifier ? Elle préféra se taire sur les circonstances qui l'avaient menée dans ce pétrin. Il commença l'audition, ragaillardi par tous les éléments à charge du dossier construit de toutes pièces. Quand il lui demanda si elle avait tué son époux, elle répondit :

— Non, je n'ai pas tué mon époux.

Il enchaîna :

— Madame Cooper, aviez-vous des choses à reprocher à votre époux, étiez-vous en conflit avec lui ?

— Je n'ai rien à déclarer sur ce point.

— Un de vos voisins avait fait un signalement concernant des bagarres dans votre appartement le jour de l'arrestation de M. Cooper. Vous en souvenez-vous ?

Elle était abasourdie. Elle n'avait jamais envisagé que cet incident isolé puisse lui revenir comme un boomerang et surtout dans de telles circonstances.

— Je n'ai rien à déclarer sur ce point, répondit-elle, impassible.

— Je vais vous rafraîchir la mémoire. Lorsque les services de police se sont présentés à votre domicile, pour interpeller votre mari, ils ont constaté qu'il portait des traces de contusions au visage. Il a déclaré que son agresseur était M. Clotaire Elikia, votre ami, avec lequel vous veniez de quitter l'appartement et qui, semble-t-il, s'en est pris à lui, à votre demande.

Béatrice le dévisageait, dépitée.

— Madame Cooper, avez-vous tué votre mari par vengeance, parce que vous le soupçonniez de vous tromper avec Mme Gérard qui prétendait clairement être sa maîtresse ?

— Je n'ai rien à déclarer.

— Où avez-vous caché l'arme du crime ?

— Je ne peux pas vous répondre puisque je ne suis pas responsable de ce crime.

Larret, disposant d'assez d'éléments, décida de la déférer devant le juge d'instruction. Le juge désigné dans le cadre de l'affaire était de nouveau Alceste Tellier. Elle savait qu'eu égard au dossier à charge il se garderait bien de rechercher au-delà des apparences et solliciterait sans doute sa détention provisoire. Ce qu'il fit. Pour lui, en dépit de la disparition de l'arme du crime, son implication dans le meurtre de son mari ne faisait aucun doute, compte tenu des éléments du dossier et de ses explications décousues. S'agissant du mobile, tout penchait pour un crime passionnel. Le juge Tellier prononça sans surprise sa mise en examen et la renvoya devant le juge des libertés et de la détention qui l'expédia *manu militari* derrière les barreaux afin d'éviter qu'elle ne fasse disparaître des preuves précieuses, et notamment l'arme du crime toujours introuvable.

17 novembre 2019

À son arrivée, dans une maison d'arrêt de la banlieue parisienne, quelques jours plus tôt, Béatrice avait dû se soumettre à une fouille à nu devant des surveillantes qui lui avaient demandé, avec un aplomb phénoménal, d'écarter ses jambes puis ses fesses afin de s'assurer qu'elle ne dissimulait rien dans ses organes génitaux. Ce fut sans doute l'une des expériences les plus humiliantes de sa vie. Ensuite, un agent du greffe de l'établissement – après avoir vérifié ses nom, mensurations, et les coordonnées des personnes à avertir en cas de drame – lui avait attribué un numéro d'écrou qui constituerait désormais sa nouvelle identité. Après un temps passé dans le quartier « des arrivantes », au quatrième jour, elle fut placée dans une cellule individuelle d'à peine six mètres carrés sans eau chaude, ni chauffage. S'il manquait à cet endroit ces éléments de première nécessité, des messages suicidaires et traces de brûlure parsemaient abondamment les murs. Mais elle préférait malgré tout cette cellule à la cohabitation avec d'autres détenues. L'apparition d'un rhume, sous l'effet de l'humidité et du froid, eut au moins l'avantage de lui épargner le parfum d'urine provenant des WC encrassés postés en face de son lit.

Loin de la maison d'arrêt et des déboires de Béatrice, ses trois alliés s'étaient retrouvés pour faire un point global de la situation. Sans leurs permis de visite, ni Clotaire ni Fanny n'avaient pu obtenir de parloir depuis son incarcération. Serge, toujours en attente de son permis de communiquer, ne l'avait pas davantage rencontrée. Installés dans le bureau de ce dernier, les deux hommes observaient Fanny, perplexes. L'avocate leur exposait sa dernière entrevue avec sa cheffe.

— Elle m'avait appelée la veille pour me dire qu'elle risquait d'être absente le lendemain, et ne s'est présentée au cabinet que dans l'après-midi du jour de la mort de Patrick. C'est là qu'elle m'a fait part de sa lettre sans me dire ce qu'elle contenait.

Serge baissa les yeux, pensif.

— C'est vraiment étrange. Et tu ne sais pas ce qu'elle a fait de sa matinée ?

— Non, je n'en ai aucune idée, mais je l'ai sentie très stressée.

L'avocat souffla.

— Bon, en attendant d'avoir le fin mot de l'histoire, nous devons avancer.

— Je pense à un truc, rebondit Clotaire, il y a un resto qui jouxte son immeuble, peut-être que les caméras ont filmé quelque chose qui pourrait nous aider ? Je sais qu'elle s'entend très bien avec le gérant.

M. Sebastian, le gérant du bar-restaurant évoqué, accepta sans difficulté de leur fournir les images des caméras de son commerce relevées le soir du crime. Le médecin légiste et Serge se rendirent au restaurant le lendemain.

— La caméra ne donne pas directement sur l'entrée de son immeuble, mais on peut observer les personnes qui sont passées devant le restaurant ce soir-là. Je vous laisse jeter un coup d'œil, je suis obligé de retourner en salle. Mais n'hésitez pas si vous avez des questions, conclut M. Sebastian.

Après plus d'une heure et demie passée à scruter, en vain, chaque millième de seconde du film muet et assommant qui se déroulait sur la terrasse du restaurant durant la soirée du crime, Clotaire interpella Serge sur une situation qu'il jugea étrange, à défaut d'avoir pu identifier un suspect s'enfuyant avec un couteau ensanglanté à la main.

— Serge, tu ne le trouves pas bizarre, le type qui attend immobile à côté de sa moto, le casque sur la tête ?

— Pourquoi bizarre ?

Clotaire fit défiler les images.

— Regarde, il est arrivé à 19 h 35 et il est resté debout devant son engin sans enlever son casque jusqu'à ce que l'autre type, toujours avec un casque, le rejoigne. Et regarde comment ils démarrent en trombe, après. Tu ne trouves pas ça super bizarre ?

— Tu as raison, c'est suspect. Pourquoi est-il resté pendant aussi longtemps sans enlever son casque à attendre comme ça ? Et pourquoi l'autre le rejoint-il avec son casque déjà sur la tête ?

Serge fit un arrêt sur image.

— C'est dommage, on ne voit pas la plaque de la moto. Il faudrait demander au gérant s'il se souvient de quelque chose.

Ils interrogèrent M. Sebastian, qui leur envoya le serveur qui s'occupait de la terrasse ce soir-là.

— Je me souviens surtout de l'engin, indiqua le serveur. Je suis moi-même un passionné de motos. Il s'agit d'une Suzuki Katana Yoshimura. Elle était magnifique, à tel point que j'ai failli renverser une commande quand je l'ai aperçue.

— Vous avez vu l'homme qui la conduisait ? demanda Clotaire.

— Oui, je sais qu'il y avait ce type avec le casque. Il est resté un moment, mais je n'ai pas vraiment prêté attention à lui. Je regardais surtout l'engin.

— Vous avez peut-être vu sa plaque d'immatriculation ? interrogea Serge.

— Je me rappelle juste qu'elle comportait la lettre X et le chiffre 27, je m'en souviens, parce que je suis né le 27 janvier. La moto était neuve, c'est sûr, c'est tout ce que je peux vous dire.

En quittant le bar-restaurant, Serge et Clotaire se donnèrent pour mission d'identifier le propriétaire de ce véhicule en dépit d'un numéro de plaque incomplet.

— J'espère juste qu'elle va tenir le coup le temps qu'on trouve le moyen de la sortir de là, indiqua Serge en grimpant sur son scooter.

— Je connais B., elle tiendra, rétorqua Clotaire, en lui serrant la main.

Nul n'aurait pu le garantir. En effet, en ce sixième jour de détention, Béatrice était roulée en boule dans sa couverture, essayant de trouver une zone de chaleur, quand une surveillante pénétra dans sa cellule.

— Je t'ai rapporté des couvertures chaudes. Tiens, lui dit-elle en les tendant.

Béatrice se leva et les saisit.

— Comment tu te sens ?

— Ça va, merci, répondit Béatrice, en s'enroulant dans les couvertures.

— Écoute, tu sais que tu peux sortir d'ici dès la fin de la semaine si tu coopères ?

L'avocate la regarda, ahurie.

— Pardon ?

La surveillante se mit à sourire.

— Je ne suis qu'une messagère. On me charge de te dire que tu possèdes quelque chose qui ne t'appartient pas et que tu dois rendre.

— Je ne saisis pas bien le message que vous essayez de me faire passer.

— Apparemment, tu pourrais être libre dans très peu de temps si tu indiques où tu as planqué ce que l'intermédiaire qui m'envoie recherche. En revanche, si tu refuses, on me dit que l'arme du crime pourrait malencontreusement être découverte chez toi ou à ton cabinet. À toi de voir.

Béatrice était estomaquée.

— Ne me regarde pas comme ça, je ne fais que te passer

le message. Tu n'es pas obligée de me donner ta réponse tout de suite, tu as quelques jours pour réfléchir. Mais il t'appartient de prendre la bonne décision : pourrir en prison pour le restant de tes jours ou sortir dans quelques jours, totalement blanchie et libre comme l'air, à toi de voir, conclut-elle en souriant.

22 novembre 2019

Béatrice passa les jours suivants percluse de froid, installée sous les couvertures que la messagère lui avait offertes embaumées de son fiel. Elle aurait eu froid même dans le désert, songeait-elle, son sang n'ayant toujours pas dégelé depuis le passage de la surveillante. Elle se torturait l'esprit à la recherche d'une solution, même provisoire, mais qui pourrait lui permettre de gagner du temps. Après avoir retourné le problème en tout sens, elle élabora un plan qui comportait, certes, des risques, mais auquel était attaché un objectif simple : la sortir de la cellule individuelle pour tenter de déjouer les visites de la messagère et étirer à son maximum le temps théorique dont elle disposait pour livrer l'information. Mais elle devait plaider sa cause auprès du chef d'établissement. En entretien dans son bureau, quand elle sollicita son installation dans une cellule collective, celui-ci ne manqua pas de lui faire part de ses réserves.

— Je pensais que vous souhaitiez être seule. L'isolement me semble la solution la plus adaptée à votre situation. Cela vous permet de bénéficier de promenades séparées et de ne pas avoir à croiser les autres détenues. J'avoue que je ne comprends pas votre revirement.

Béatrice n'en doutait pas. Mais ses priorités avaient évolué. Elle lui servit un mensonge plus ou moins plausible.

— Je sais que c'est ce que je vous avais demandé, mais je souhaite m'intégrer parmi les autres détenues.

— Je n'ai de place disponible que dans une seule cellule. Mais une des jeunes filles qui l'occupent est une petite terreur. Elle s'appelle Latifa Bouazza, connue sous le pseudonyme de Latifelle et célèbre dans la prison pour le nombre de jours passés au mitard.

— Ça me va, répondit Béatrice, pour qui tout était préférable à une autre visite de la messagère.

— Vous en êtes certaine ?

En dépit de ses réserves, elle en était certaine.

— Très bien, j'accepte, mais à la moindre difficulté, je n'hésiterai pas à vous renvoyer en isolement, avertit-il. Je tiens quand même à vous préciser que vous serez avec trois jeunes filles dont la moyenne d'âge tourne autour de 21 ans à peine. Mais c'est vous qui voyez.

Elle aurait sans doute opté pour moins, au vu de la cellule dans laquelle elle atterrit. La pièce, qui mesurait environ vingt-cinq mètres carrés, comportait deux ensembles de lits superposés fixés au sol. Une odeur de joint mal éteint en abreuvait l'atmosphère. L'un des lits était installé dans un angle de la pièce et l'autre entre deux grandes fenêtres qui avaient l'avantage de laisser pénétrer une lumière naturelle. Deux des jeunes filles, dont l'une avait des cheveux teints dans un rose indéfinissable, étaient assises sur des couvertures colorées au milieu de peluches de Pikachu et de Naruto, célèbres personnages de manga d'une époque qui n'était pas la sienne. Même les murs habillés d'affiches à l'effigie de séries pour ados lui rappelèrent qu'elle avait fait un saut involontaire dans la génération Z. Une des jeunes, qu'elle devina être Latifa, faisait semblant d'ignorer sa présence. Elle feuilletait un magazine à scandale en humectant son index à chaque page. Les deux autres jeunes filles jacassaient, l'une semblant offrir à l'autre l'imitation du craquètement d'une cigale en train d'essayer de chanter une opérette.

— Mais c'est quoi, cette voix pourrie ? Et tu veux nous faire croire que t'as failli être sélectionnée pour *The Voice* ? T'es vraiment une mytho, Lina ! lançait la fille aux cheveux roses.

— La vie de ma mère, c'est vrai ! Je peux chanter l'opéra si je veux, affirmait l'autre.

— Tu détestes vraiment ta mère, wesh, tu jures trop souvent des mythos sur sa vie !

— Comme tu peux le voir, elle est toujours de ce monde, ma daronne, alors c'est qui la mytho entre nous, wesh ?

— Wesh ! Mais fermez vos gueules, là ! J'essaie de comprendre si Kristen Stewart est toujours lesbienne ! hurla Latifa sans lever la tête de son magazine.

Béatrice avait le sentiment, tel « le grand frère », d'avoir été parachutée chez des ados difficiles aux parents démissionnaires. Elle s'avança et prit place sur une chaise en face de Latifa, qui continuait de faire semblant de ne pas la voir. Elle se lança.

— Tu sembles étonnée de me voir, je me trompe ?

— Pourquoi ils t'ont mis ici, la baveuse ? Quelqu'un veut

ta mort ou quoi ? répondit-elle sans lever la tête de sa lecture.

— Non, c'est moi qui ai demandé à être dans ta cellule.

Latifa lui adressa un large sourire et referma son journal.

— Je vois. Tu as raison d'avoir choisi ma cellule parce qu'ici tout le monde va vouloir se faire une baveuse comme toi. Je peux assurer ta sécurité pour 700 euros par semaine.

Béatrice la considéra en se demandant comment cette gamine arrogante au format de poche pourrait assurer sa défense. De toute façon, elle ne comptait pas la payer pour le vérifier. Elle croisa les bras.

— Ça ira, merci.

— Ça ressemblait à une question ? Je te dis que tu vas me filer 700 euros par semaine pour ta protection. Si tu refuses, wallah je te péterai toutes tes dents !

— Si tu veux essayer de me racketter, tu peux y aller, mais je ne te filerai pas un centime. Et vu la différence de taille entre nous, il te faudra probablement une échelle pour atteindre mes dents.

Le visage de Latifa vira au rouge écarlate.

— Qu'est-ce que t'as dit, la baveuse ? T'es une psychopathe ou quoi, wesh ? Tu viens jusqu'ici pour me défier ? Tu veux que je te montre que je peux t'fumer même si tu mesures deux mètres ? Allez, viens ! On va régler ça tout de suite !

Latifa se leva et déboutonna la chemise en jean qu'elle portait, laissant apparaître sa petite poitrine moulée sous une brassière en dentelle rose. Les deux autres jeunes filles observaient la scène de leur lit, les yeux réclamant du sang.

L'avocate la regardait sans sourciller quand une idée émergea dans son esprit.

— Latifa, calme-toi. Je vais te faire une proposition qui nous évitera de devoir nous battre. Mon offre est gagnante pour toutes les deux et te permettrait de…

— Vas-y, wesh, abrège ! Tu ne sais même pas ce que ça me coûte de ne pas te péter les dents tout de suite ! hurla-t-elle en sautillant.

Béatrice continua sur un ton calme.

— La réalité, c'est que, tu as raison, j'ai besoin de quelqu'un pour assurer ma sécurité et j'aimerais beaucoup que tu acceptes de le faire comme tu me le proposes. Mais en contrepartie, je ne te donnerai pas d'argent mais une aide qui pourrait s'avérer encore plus précieuse pour toi.

— Est-ce que je t'ai dit que j'avais besoin d'aide ? C'est le flouze qui m'intéresse ! Et je te jure que tu vas m'en filer, sinon tu vas bientôt comprendre que t'as atterri en enfer !

— Qui est ton avocat ?

— Pourquoi tu me demandes ça ?

— Réponds-moi et je te dirai pourquoi je te le demande.

— C'est un bâtard commis d'office. Je n'arrive même plus à prononcer son nom, tellement il me vénère lui aussi ! Vous êtes vraiment une sale race, vous les baveux ! À part nous piquer nos thunes, vous servez à rien !

— Que dirais-tu d'avoir un des meilleurs pénalistes de la place ?

— Pour quoi faire ? Vas-y, arrête de me saouler avec tes vieilles techniques d'esquive, wesh ! Je t'ai dit que soit tu me files les euros, soit je te démonte la gueule ! Et j'en ai rien à foutre de finir au mitard !

— As-tu déjà entendu parler d'un avocat qui s'appelle Serge Connarre ?

Latifa se calma et la regarda en fronçant les sourcils.

— Connarre ? Tu veux dire le baveux qui défendait la blonde, dans l'affaire avec les traitements de ton marabout ?

— Oui, c'est ça, c'est bien lui.

La jeune fille se métamorphosa en une fraction de seconde.

— Oh là là, il a trop la classe, ce baveux ! Je le kiffe graaaave ! On aimait trop le regarder sur BFM, pendant le procès, avec ses pec et ses costards moulants. Hein, les filles ? lança-t-elle aux autres ados qui se mirent aussitôt à commenter.

— Il est trop beau gosse, je n'ai jamais vu un baveux aussi canon ! s'exclama la fille aux cheveux roses.

— Graaave ! Même son nom est trop classe ! gémit l'autre.

Puis elle prit un air sérieux.

— Mais comment il a fait pour s'appeler Connard ?

— C'est le blase de ses parents, espèce de mongole ! hurla Latifa.

Les jeunes détenues se livrèrent, ensuite, à une analyse détaillée de l'anatomie de Serge. Elles passèrent en revue ses épaules carrées, la parfaite sculpture de ses pectoraux ou l'épaisseur de ses bras. Béatrice les écoutait, médusée. Elle décida de s'inviter dans la discussion au moment où la gamine aux cheveux roses se proposait de déboutonner la chemise de Serge à l'aide de ses dents.

— Latifa, tu sais, en plus d'être beau, il est vraiment compétent. Il trouvera les meilleures solutions pour ton dossier. Son taux horaire paierait ton mois de loyer, mais si tu acceptes ma proposition, il bossera pour toi à l'œil.

Latifa revint s'asseoir en face de Béatrice et la dévisagea.

— T'as des couilles, la baveuse, fit-elle en hochant la tête. Je t'aime bien, en fait. C'est quoi ton nom déjà ?

— Béatrice.

— Ah oui… Béatrice. T'as vraiment un vieux blase ! Tes parents t'aimaient pas ou quoi, wesh ?

— Tu peux m'appeler Béa, si tu veux.

— C'est naze aussi !

Là-dessus, les jeunes filles se fendirent d'un rire moqueur. Puis Béatrice observa Latifa s'offrir un « ego trip » digne des plus arrogantes rappeuses de hip-hop.

— Mais bon, on va faire avec. Tout le monde ne peut pas se payer un blase aussi classe que « L.A.T.I.F.A. » ! La belle goossee ! hurla-t-elle en se levant de sa chaise les bras en l'air.

Béatrice l'observait, un sourire las. Elle pensa que cette cohabitation risquait d'être interminable. Latifa poursuivit.

— Mais bon, tu peux m'appeler Latifelle. Elle, c'est Lina, et les cheveux roses, c'est Pink, lança-t-elle en lui indiquant du menton les jeunes filles. Au fait, t'as vraiment tué ton mari ?

La question la prit de court.

— Non, je ne l'ai pas tué.

— De toute façon en prison, tout le monde dit qu'il est innocent. En vrai, je m'en fiche que tu l'aies tué ou non. Bon, écoute, tu me gères le beau gosse et moi, j'accepte d'être ton garde du corps. Si quelqu'un te touche, je le nique. Mais aucune de ces bitches n'osera t'approcher si t'es avec moi.

La promenade du même jour permit de le vérifier. Lorsqu'elles arrivèrent dans la cour, elle vit tous les regards se tourner vers elle. Les femmes semblaient déconcertées tant par sa présence parmi les détenues de droit commun que par son alliance inattendue avec Latifelle. Elle marchait, entourée des deux autres jeunes filles, tandis que Latifelle avançait le torse bombé, en tête de file, défiant des yeux quiconque osait regarder sa nouvelle protégée. Béatrice était impressionnée. Elle se tourna vers Latifelle en se demandant à la faveur de quels pouvoirs cachés cette gamine de moins d'un mètre soixante et à peine sortie de l'adolescence parvenait à soumettre toute une cour, y compris certaines de ces femmes sans doute évadées d'un cauchemar.

— Sans vouloir te vexer…

Latifelle la coupa.

— J'aime pas le début de cette phrase.

— Non mais…

— Non mais quoi ? Tu pensais que je mythonnais quand je te disais que je pouvais assurer ta sécurité ?

Béatrice poursuivit, incrédule.

— Sérieusement, Latifelle, c'est quoi ton secret ? T'es une femme bionique et tout le monde a oublié de me briefer ?

Elle lui jeta un regard, suivi d'un sourire narquois.

— Ah, t'as moins envie de me défier maintenant !

Latifelle poursuivit avec une pointe de fierté.

— J'ai quatre grands frères qui ont tous fait de la taule pour braquage ou trafic. C'est des oufs, mes frères, et ils me kiffent trop. Elles savent que si quelqu'un me casse les couilles ou touche à une mèche de mes magnifiques cheveux, ils se chargeront de leurs familles.

— Je vois.

Béatrice la dévisageait en hochant la tête. Elle convint de ne pas lui demander comment ses frères envisageaient de se charger des pauvres familles innocentes des détenues. Elle ne pouvait, pour l'heure, s'offrir le luxe de discuter de la moralité et encore moins de la légalité de la méthode. Elle opta pour enterrer cette information dans un coin de sa mémoire et s'empressa de clore le sujet.

11

3 décembre 2019

Béatrice ne reçut enfin la visite de Serge qu'en ce début de troisième semaine de détention. Ils étaient assis dans une pièce minuscule appelée « parloir avocat ». Ce lieu particulier se distinguait par une absence d'écoute, de contrôle et de surveillance du personnel pénitentiaire.

— De combien de temps disposons-nous ? demanda-t-il.

— Impossible à dire. J'ai tout mis en œuvre pour l'esquiver, mais ce suppôt de Satan peut réapparaître à n'importe quel moment. Et je ne sais pas comment je vais arriver à éluder la question qu'elle m'a posée.

— Je suis en train d'attendre le retour d'un de mes contacts à la préfecture pour retrouver le propriétaire de la moto. Je pense vraiment que cette piste peut nous mener à Johnson. Mais il faut absolument que tu essaies de retarder ta réponse au maximum si elle devait réapparaître trop tôt.

— J'avoue que ça ne dépend pas de moi. Je vais prier pour qu'elle soit partie en vacances ou virée définitivement par l'administration pénitentiaire. Mais comme Dieu n'écoute aucune de mes prières depuis un moment, elle devrait réussir à me coincer dans un couloir très vite. Je ferai au mieux, mais c'est sans garantie.

— Je suis vraiment désolé, Béa, j'aurais voulu venir te voir plus tôt, mais pour une raison étrange, je ne parvenais pas à obtenir mon permis de communiquer.

— C'est pas grave, Serge, de toute façon, tu n'aurais rien pu faire.

— Et comment ça se passe alors, avec ta petite garde du corps ?

— Très bien, elle est très efficace.

Puis elle hésita.

— J'ai omis de te mentionner la contrepartie du deal.

— Vas-y, je t'écoute.

— Il faut que tu reprennes son dossier. Tu peux faire ça pour moi ?

— Elle est là pour quelles raisons ?

— Pour recel de faux permis de conduire. Elle pourra t'expliquer.

Il la regarda d'un air las.

— En plus, elle est totalement sous ton charme. Apparemment, elle et les autres petites de ma cellule ont beaucoup apprécié tes sorties sur BFM en costume moulant et chemise laissant deviner l'épaisseur de tes pectoraux. Serge, il faut vraiment que tu arrêtes de t'habiller en taille enfant.

Il éclata d'un rire retentissant, sous ses yeux indifférents.

— Punaise, tu me fais pleurer de rire ! Allez, ne sois pas jalouse, ma Béa. Les petites, contrairement à toi, n'ont pas besoin de lunettes pour voir ce qu'elles ont en face d'elles, c'est tout.

Elle secoua la tête, désabusée.

— T'es vraiment un gamin, Serge. Mais tu devrais bien t'entendre avec elle, vos ego font la même taille. Tu acceptes de prendre l'affaire ou non ? Gratuitement évidemment.

— Je pense que je n'ai pas le choix.

Puis elle fit mine de se lever.

— Il faut que je me rende à mon atelier de poterie qui a lieu dans quelques minutes.

— Poterie ? On sent vraiment que tu es en prison. Je compatis.

— Je ne vais pas me plaindre. Je suis enfermée avec trois gamines dont je comprends à peine le langage. Alors c'est ça ou passer vingt-deux heures sur vingt-quatre en cellule avec la télévision allumée et trois enfants difficiles qui braillent des « wesh, wesh » à chaque fin de phrase. J'en peux plus de jouer les éducatrices pour ados. Si tu étais à ma place, tu prendrais même l'atelier tricot pour voir autre chose. Là, j'ai juste besoin d'interagir avec des adultes qui ne soient ni des détenues ni des surveillants. On va dire que c'est mon carré de chocolat de la semaine.

L'atelier de poterie se déroulait dans une salle de la maison d'arrêt aménagée pour la circonstance. Une dizaine de détenues, dont Béatrice et Latifelle, s'étaient inscrites à ce loisir créatif financé par une association socioculturelle dans le but de combattre l'oisiveté en détention. Installées sur des tabourets en face d'un petit plateau rotatif appelé girelle, elles écoutaient attentivement les recommandations de l'instructrice à l'allure d'artiste dénommée Babette. La pièce du jour était un vase en argile. Babette présenta d'abord la préparation de l'argile, selon une méthode de malaxage au nom étrange, dite « en tête de bélier ».

— La tête de qui ? chuchota Latifelle en s'adressant à Béatrice.

— C'est « en tête de bélier », mais on s'en fout, du nom, il faut juste regarder comment elle s'y prend.

— C'est vraiment naze, ton truc ! Pourquoi tu m'as traînée ici ?

L'instructrice continua ensuite avec l'explication sur la consistance de l'argile.

Latifelle l'observait, désabusée.

— Ça veut dire quoi, ce qu'elle dit, pas trop sèche, pas trop mouillée ? Comment elle veut qu'on sache si c'est trop sec ou trop mouillé, wesh ?

— Tu t'en fiches, essaie, on verra bien ce que ça donne.

— En tout cas, elle a vraiment une tête de folle, la Babette. Mais elle a de la chance, c'est bientôt Noël, peut-être que ses enfants vont se cotiser pour lui offrir un peigne !

Béatrice étouffa un début de fou rire.

— Latifelle, arrête s'il te plaît, on va se faire virer de l'atelier.

La collaboratrice de Babette passa dans le rang.

— Tout va bien, mesdames ?

— Très bien, confirma Béatrice.

Dès qu'elle eut tourné le dos, Latifelle poursuivit en chuchotant.

— T'as vu ses sapes fluorescentes ? Elle avait peur qu'on la loupe ou quoi ? C'est sûr qu'elle est « sapée comme jamais »... Mais pas dans le bon sens.

Cette fois, Béatrice laissa échapper un rire qu'elle ne put

contrôler. L'instructrice la toisa et poursuivit ses explications.

— Placez votre boule de terre bien au milieu du tour. Cette étape s'appelle le centrage. Attention, si vous centrez mal…

— Mon truc est vraiment pourri, regarde ! s'exclama Latifelle.

Béatrice ne répondit pas. Son regard était figé en direction de l'entrée.

— Mais qu'est-ce qu'il y a, Béa ? interrogea-t-elle.

Ses yeux fixaient la messagère. Elle se tenait devant la porte, les bras croisés dans le dos, et l'observait en adoptant son sourire le plus cynique. Elle ne l'avait pas vue pénétrer dans la salle. Latifelle suivit la direction empruntée par son regard terrifié.

— C'est la Dealeuse qui te fait peur ? questionna-t-elle.

— Quoi ?

— La grosse Antillaise là, t'arrêtes pas de la regarder. Cette salope a déjà tenté de m'étouffer avec ses seins !

— Pourquoi tu l'appelles la Dealeuse ?

— Parce que c'est elle qui alimente toute la prison en came. Mais qu'est-ce qu'elle te veut, cette pute ?

— Rien, laisse tomber, esquiva-t-elle.

Elle retourna à sa poterie, mais la présence de la messagère l'empêcha définitivement de se concentrer sur la procédure pour la réalisation du vase. Ses yeux allaient et venaient de sa pâte, qui n'était plus qu'un amas de terre difforme, à cette femme, qui s'avérait manifestement corrompue, puisqu'elle était de tous les trafics. Elle nota l'épaisseur de ses formes, ce qui lui avait échappé en cellule d'isolement à la faveur de la pénombre et du message catastrophique qu'elle lui avait délivré. La messagère ne la quittait pas du regard, de sorte que Béatrice croisait ses yeux chaque fois qu'elle levait la tête. Latifelle, qui avait fini par prendre goût à l'atelier, regardait le résultat de l'œuvre de l'avocate avec dégoût.

— Non, mais t'es sérieuse ? On dirait que ton vase a été fabriqué par un fou ! Excuse-moi, mais ton truc-là ressemble à un caca de mammouth constipé.

Elle ne put discuter la race de l'animal à qui appartenaient les excréments que semblait rappeler son vase. Latifelle la regarda se lever, les yeux toujours rivés sur la porte.

— Excuse-moi, Latifelle, je reviens.

La messagère l'avait appelée de son gros index. Elle continuait de lui adresser son sinistre sourire pendant qu'elle avançait, la mine déconfite. Béatrice se posta à cinquante centimètres d'elle, le crâne en feu. La surveillante, trouvant sans doute qu'elle était encore trop éloignée, se rapprocha.

— Tu as ma réponse ?

Ses mains encore pleines de terre devinrent moites. Elle n'avait pas préparé de réponse.

— Non, j'ai encore besoin de quelques jours, articula-t-elle.

La surveillante éclata soudain de rire, laissant échapper les effluves d'une haleine carabinée. L'avocate recula d'un pas.

— Tu crois que t'es à l'hôtel ici ?

— Laissez-moi juste quelques jours de plus, s'il vous plaît, supplia-t-elle.

La femme esquissa un demi-sourire.

— Ça tombe bien, le père Noël est en avance et te donne

jusqu'au 7 décembre pour dire où tu as planqué ce qu'on te demande. Si tu ne me donnes pas la réponse, tant pis pour toi. Je passerai le 7 décembre dans ta cellule pendant la promenade. Toi, tu t'arrangeras pour être seule. Entendu ?

Béatrice poussa un soupir de soulagement.

— Très bien, merci beaucoup, madame.

Elle s'apprêtait à s'en aller quand la messagère bredouilla une onomatopée qu'elle n'avait jamais entendue. L'avocate s'arrêta et la fixa.

— Ne me remercie pas trop vite. On m'a juste dit de te prévenir d'être très attentive aux prochains événements concernant ta mère et la fille qui s'appelle Fanny, conclut-elle.

— Que voulez-vous dire par là ?

Elle lui présenta son énorme postérieur en guise de réponse et s'éloigna vers la sortie. Béatrice resta sur place, hagarde, *où voulait-elle en venir ?*

Rongée par l'inquiétude, et ne sachant que faire, dès la fin de l'atelier elle décida de se rendre à la cabine téléphonique de la maison d'arrêt. Sa mère, qui semblait être une des premières personnes visées par les menaces à peine voilées de Johnson, faisait aussi partie de la courte liste des proches à qui elle était autorisée à téléphoner, sous écoute de l'administration pénitentiaire, bien entendu. Comme Agathe ne décrochait sur aucune de ses lignes fixe ou portable, son stress s'envola vers une autre dimension. Elle appela, catastrophée, la seconde personne sur sa liste, Clotaire, le suppliant de se rendre chez sa mère de toute urgence. Quand il la questionna sur la raison de cette demande, elle se réfugia derrière un mauvais pressentiment tout en convenant de l'irrationalité de sa requête. Elle patienta, puis le rappela une heure plus tard, en vain. Quand il finit par répondre, il la rassura. Sa mère était toujours de ce monde, mais il ne s'arrêta pas là. Il lui expliqua qu'elle était avec son frère, qui avait fait venir des ouvriers pour changer ses serrures.

— Pourquoi elle change ses serrures ?

— Je passerai te voir, on en parlera de vive voix.

— Quand ? Je ne sais même pas quand tu auras un parloir. S'il te plaît, parle autrement je ne vais pas pouvoir dormir.

— OK, se résigna-t-il. Écoute, il y a trois jours, ta mère s'est réveillée et a constaté que toutes ses portes étaient ouvertes de manière inexpliquée. Sa chambre, la porte d'entrée, le portail, tout. Hier, le même truc de ouf !

Le combiné à l'oreille, Béatrice avait cessé de respirer.

— Comment ça ?

— Elle a dit qu'elle n'y comprenait rien. Elle est sûre d'avoir tout fermé. Ton frère a prévenu les flics et fait venir des ouvriers pour changer toutes les serrures. Quand je suis arrivé, ils étaient empêtrés dans tout ça.

Il y eut un long silence.

— Tu es là B. ?

— Oui.

— Ne t'inquiète pas. Antonin va faire installer des caméras. En attendant, on va se relayer pour aller la voir. J'y retourne ce soir. Antonin ne pouvait pas à cause de ce qui s'est passé avec Mik…

Puis il s'arrêta en plein milieu de sa phrase.

— Qu'est-ce qui s'est passé, tu voulais dire quelque chose.

— Non, ne t'inquiète pas, il a eu une petite frayeur, mais tout va bien.

— Clo, ne rien me dire ne m'aidera pas, bien au contraire.

— Bon, de toute façon, il n'y a rien de grave. C'est juste qu'hier l'école de Mika a appelé Antonin pour lui dire que le gamin avait disparu. Apparemment, ça se serait produit alors que sa classe était en sortie dans un parc aquatique. C'est un inconnu qui l'a ramené au commissariat. Il l'aurait retrouvé assis seul sur un banc en train de pleurer. Mika dit qu'un monsieur est venu le voir au parc en prétendant qu'An l'attendait à l'extérieur. Le monsieur l'aurait ensuite fait monter dans une voiture pour l'abandonner sur un banc en lui précisant de ne pas bouger de là, jusqu'à ce qu'il revienne le chercher. Je te jure, trop de malades courent les rues de nos jours ! Antonin a cru devenir fou. Mais heureusement, le petit va bien.

Elle raccrocha en contenant ses larmes. Le message de Peter était clair : elle ne devait pas le défier !

6 décembre 2019

Assise au parloir, Béatrice patientait en mordillant ses ongles meurtris. Ses doigts, cernés de crevasses, rappelaient les épreuves qu'elle traversait et qui s'enracinaient dans sa chair. Quand sa visiteuse se présenta, elle dut se surpasser pour masquer son effroi. Sa tenue de quasi-haillons et son teint blême donnaient l'impression qu'elle avait croisé un démon dans la salle d'attente. L'avocate la salua, mais, sans lui répondre, Fanny s'installa. Béatrice chercha son regard, mais il allait d'un bout à l'autre de la petite pièce à la poursuite de quelque chose, sans doute enfermé dans son esprit. Sa collaboratrice n'était plus tout à fait elle-même. Lorsqu'elle se décida enfin à s'exprimer, ce qui sortit de sa bouche la terrifia. Un inconnu avait pénétré au milieu de la nuit dans son appartement alors qu'elle reposait dans un sommeil profond. Elle n'avait été réveillée que par le souffle chaud de son haleine fétide posé à quelques millimètres de sa figure. Après l'avoir étouffée en lui comprimant la trachée, il lui avait délivré un message qui lui était destiné.

— Il m'a dit ceci, mot pour mot : «Tu lui diras qu'elle a jusqu'au 6 décembre au plus tard pour fournir l'information qui lui a été demandée, il faut qu'elle arrête son petit jeu du chat et de la souris, sinon elle laissera malheureusement d'autres cadavres derrière elle.»

Béatrice, pétrifiée, garda le silence, aucun mot ne parvenant à franchir sa bouche que le récit de Fanny avait transformée en surface gelée.

Fanny s'affala sur la petite table, submergée par les sanglots. Sa cheffe posa la main sur son épaule, dans un mouvement dont la superfluité lui était douloureuse. En réalité, elle battait sa coulpe, se tenant pour responsable du trauma de sa collaboratrice. Des larmes ne tardèrent pas à lui monter aux yeux. Retranchée dans un mutisme coupable, elle écoutait Fanny poursuivre son histoire glaçante. À la fin de celle-ci, la jeune femme logea ses yeux congestionnés au fond des orbites de Béatrice, comme si elle craignait qu'une seule de ses paroles ne lui échappât.

— Tu dois faire ce qu'ils te disent, Béa. On ne peut pas tous y laisser nos vies ! Ça n'en vaut pas la peine ! Je ne dors plus… Je n'arrête pas de rêver de ce type en train de m'étrangler…

Béatrice, ne parvenant plus à soutenir ses prunelles cramoisies, dévorait la table des yeux. Elle sentait ce regard accusateur peser sur ses maigres épaules déjà chargées. Peter la tenait.

Au cours de la même journée, Latifelle lui apprit que son avocat, contacté par Serge, allait réussir à régler son affaire à la faveur d'un vice de procédure.

— Je t'ai dit que Serge était excellent. Je suis vraiment contente pour toi. Du coup, je ne sais pas comment je vais faire sans mon « minigarde du corps ».

— Tu sais, c'est grâce à toi, Béa. Merci, beaucoup, vraiment, de tout mon cœur.

Et pour accompagner ses paroles, Latifelle se jeta dans ses bras. Prise de court, elle ne lui rendit son étreinte musclée qu'après quelques secondes d'embarras.

— Dire que j'ai failli te tabasser pour rien.

Tout en parlant, la jeune fille la fixait de grands yeux arrondis miroitant des milliers d'étincelles. Béatrice la dévisageait, émue par l'affection improbable de cette gamine dont elle avait dû acheter la protection. Sans qu'elle y soit préparée, ses yeux se remplirent de larmes. Puis succédèrent des gémissements, et des hoquets qui secouaient ses épaules et son dos.

— Mais qu'est-ce qu'il y a, Béa ? Je sais que quelque chose ne va pas depuis la poterie. C'est à cause de la Dealeuse c'est ça ? Dis-moi !

Béatrice essuya ses yeux et se mura dans le silence. Elle se mit à marcher le long du mur crasseux qui assiégeait la cour. Latifelle lui emboîta le pas.

— Parle-moi, s'il te plaît. Peut-être que je peux t'aider.

Elle voulut lui hurler dessus mais, quand elle croisa son regard, sincère et déterminé, ses forces l'abandonnèrent. Elle se laissa choir sur le ciment dos au mur et se mit à sangloter, la tête entre ses genoux. Latifelle lui tendit la main et l'aida à se relever. Béatrice la regarda, épuisée. Après un moment à dévisager la petite, elle se livra. À la fin de son récit, sa garde du corps à durée déterminée tira ses propres conclusions.

— T'es dans la merde, en fait.

— Oui, et jusqu'au cou. Mais ce qui m'embête, en plus du reste, c'est que je vais devoir leur donner l'adresse où j'ai caché le sac. Et il se trouve qu'il est chez une personne qui m'est extrêmement précieuse. J'ai peur qu'ils s'y rendent en sa présence et la brutalisent, tu imagines ? Regarde ce qu'ils ont fait à Fanny. S'ils la touchent, je ne m'en remettrai pas.

— Je comprends, acquiesça Latifelle les yeux au sol.

Puis elle lui adressa un regard hésitant.

— Pourquoi tu ne me laisses pas t'aider, Béa ?

— Qu'est-ce que tu veux dire ?

— Je peux faire l'intermédiaire : grâce au beau gosse, je vais sortir. Je peux aller chercher le truc et leur remettre, comme ça, ils n'auront pas besoin d'entrer chez ta mère.

— Qu'est-ce qui te fait dire qu'il est chez ma mère ? demanda Béatrice, effarée.

— Qui d'autre ? Je l'ai vu dans tes yeux.

— Latifelle, c'est gentil, mais je ne veux pas te mêler à ça.

Je refuse d'être hanté par des remords, s'il devait t'arriver quelque chose.

— Tu préfères sacrifier ta mère ?

L'avocate la fixa, déconcertée.

— Béa, laisse-moi faire ça pour toi. Tu sais, j'ai pas peur. Il ne m'arrivera rien, je te jure. T'en fais pas, va.

— Je ne suis pas sûre qu'ils acceptent de toute façon. La Dealeuse a été très claire sur ce qu'ils attendent.

— Ne leur laisse pas le choix. Tu diras à La Dealeuse que c'est ça ou rien. À mon avis, c'est eux qui n'auront pas le choix, à part accepter.

7 décembre 2019

Le jour fatidique, lors de la promenade, Béatrice attendit la messagère seule dans la cellule. Elle se sentait liquéfiée puisque, selon le plan élaboré par Latifelle, la Dealeuse devait repartir les mains vides. Elle entendit le bruit des clés, suivi de l'ouverture de l'épais verrou de la porte de la cellule. Elle l'observait, atone, approcher de son pas lourd écrasé sous une masse phénoménale. On percevait le frottement du tissu de son pantalon sous l'effet de ses énormes cuisses. Elle lui adressa son sourire cynique habituel et se colla à elle. Cette femme titanesque dépassait le mètre quatre-vingt-cinq, soit au moins dix centimètres de plus que Béatrice qui fut forcée de recevoir ses seins sous la gorge. Elle recula jusqu'au mur derrière elle.

— Dis-moi, ton cœur bat bien vite, maître. Ne serais-tu pas un peu stressée ?

À ces mots, elle s'esclaffa, sous les yeux terrifiés de l'avocate. Puis elle arracha de la poche avant de son pantalon un papier froissé et un stylo qu'elle lui tendit.

— Écris-moi le lieu qu'on te demande.

— Je vous donnerai cette information, mais seulement à mes conditions, répliqua Béatrice, avec une audace que démentaient les sueurs froides qui imbibaient son dos.

La messagère se pencha en arrière de tout son poids et éclata d'un rire extraordinaire. Quand elle se redressa, elle lui lança un regard menaçant.

— Parce que tu penses vraiment que t'es en position de négocier quoi que ce soit ?

— Je sais, répondit-elle, stoïque. Mais je ne vous donnerai pas d'adresse. Dites aux personnes pour qui vous travaillez que je souhaite passer par un intermédiaire à qui je remettrai ce qu'ils demandent.

La messagère la quitta du regard et, sans qu'elle en comprenne la raison, se mit à nettoyer des poussières invisibles de son uniforme. Béatrice, qui était suspendue à ses lèvres, suivait le mouvement de ses mains, désorientée. Quand elle eut fini cet ouvrage étrange, elle grommela une onomatopée et la fixa.

— Comme tu veux. Ce n'est pas moi qui décide. Je ne fais que passer les messages. Je reviendrai demain lors de la promenade te dire ce qu'il en est. Je n'ai pas besoin de te préciser que tu m'attendras seule.

La femme éléphante revint le lendemain l'informer que sa proposition était acceptée.

Asnières-sur-Seine, 12 décembre 2019

Agathe était en pleine préparation de son déjeuner lorsqu'elle entendit sonner au portail d'entrée de sa villa. Elle jeta un coup d'œil à son nouvel équipement de vidéosurveillance, offert par son fils, puis à l'horloge. Il indiquait 10 h 45. La jeune fille était ponctuelle, se dit-elle en ouvrant. Quand elle entra, Agathe la jaugea. Il s'agissait d'une petite brunette en chignon, habillée d'un tailleur et de mocassins.

— Tu es jolie comme un cœur, dis donc. Tu es en stage pour combien de temps ?

— Pour six mois, madame Fosso.

— Tu peux m'appeler Agathe.

Latifelle acquiesça et se mit à parcourir la pièce des yeux comme si elle avait égaré un objet. Son regard s'immobilisa sur l'escalier en bois qui menait à l'étage. Il était au fond de l'entrée à côté d'une pièce qui devait être la cuisine. Agathe continuait de parler, mais elle n'entendait que le son de sa voix et son fort accent africain.

— Dis donc, Latifa, tu as l'air bien jeune pour être à l'école des avocats, on dirait que tu as à peine 18 ans.

Latifelle la dévisagea, gênée. Elle lui donna la première réponse qui lui vint à l'esprit.

— J'ai 19 ans, madame. Mais j'ai sauté beaucoup de classes, c'est pour ça. Je suis surdouée.

— Bravo, ma petite ! Mon fils Antonin, le petit frère de Béatrice, est aussi…

Latifelle l'observait de ses grands yeux noirs puis jeta un coup d'œil à la montre qu'elle s'était procurée pour les besoins de sa mission. Il lui restait à peine une heure. Elle contempla Agathe en se demandant comment la débrancher.

— La chambre de Me Cooper est à l'étage, c'est ça ?

— Oui, c'est ça, en montant, c'est la troisième porte à gauche. Tu trouveras son ordinateur sur le bureau pour récupérer les fichiers.

— Il y a des toilettes à l'étage ?

— Oui. À droite au fond à côté de la salle de bains, je peux t'accompagner si…

— Non, ça ira, merci.

Elle courut vers l'escalier qu'elle grimpa d'un pas véloce. Elle déboula dans un couloir habillé de moulures anguleuses. Elle freina devant la porte qui portait l'inscription « WC ». Elle s'y faufila avec précaution. La pièce était minuscule et peu éclairée. Elle referma à la hâte le couvercle de la cuvette des toilettes et monta dessus. Béatrice avait précisé que le sac était caché dans le plafond, il fallait soulever la deuxième dalle en partant du fond. Elle la repéra et la scruta, mais elle n'avait pas la taille de l'avocate. Elle se mit sur la pointe des pieds et s'étira en prenant appui sur le mur qui lui faisait face. D'un coup sec elle dégagea la dalle. Elle aperçut l'anse du sac noir en tissu et s'en saisit. Elle le fourra dans son cabas, commanda un chauffeur et redescendit les escaliers au trot.

Le lieu du rendez-vous se situait dans le 9e arrondissement de Paris. Installée sur la banquette arrière du véhicule, elle surveillait, inquiète, l'application du chauffeur sur laquelle l'heure d'arrivée ne cessait de s'enrichir de minutes supplémentaires.

— On n'arrête pas de prendre du retard. J'ai rendez-vous à midi, frère.

— Tu veux que je saute au-dessus des autres voitures ? C'est bouché, ça ne se voit pas ?

— Tu ne peux pas prendre les voies de bus ? J'ai un entretien pour du taf. Je vais le rater si j'arrive en retard.

Devant le refus du chauffeur, elle décida de finir le trajet à pied. Elle sortit du véhicule et se fraya un chemin à travers les voitures qui formaient une rangée ininterrompue sur plus de deux cents mètres. Elle emprunta le trottoir au pas de course. Elle jeta un coup d'œil à sa montre, il était presque midi. Elle songea à Béatrice et sentit l'anxiété l'envahir. Dans un dernier effort, elle accéléra. Elle leva les yeux et regarda le panonceau, elle était dans la bonne rue. Il ne lui restait qu'à franchir la prochaine ligne droite. Elle courut de toutes ses forces et arriva devant le lieu du rendez-vous, il était 12 h 07. Un homme de petite taille à la calvitie prononcée se dirigea vers elle.

— Bonjour mademoiselle, c'est pour déjeuner ?

Latifelle était essoufflée et peinait à reprendre sa respiration.

— Non, monsieur… j'ai un rendez-vous ici normalement… Excusez-moi, j'ai beaucoup couru. Il était à midi… j'ai juste cinq minutes de retard.

— Comme vous pouvez le voir, il n'y a encore personne. Mais installez-vous à cette table, pour reprendre votre souffle, votre rendez-vous est sûrement en retard.

Latifelle s'assit, le sac collé contre sa poitrine. Elle promena son regard dans le restaurant. Les serveurs s'affairaient au dressage des tables pour le déjeuner, mais personne d'autre n'était attablée Elle regarda à travers les vitres, de puissantes rafales de vent, accompagnées de pluie, sévissaient. Des clients commencèrent à arriver dans la salle. Elle scrutait, tendue, chaque visage avec insistance, mais aucun ne semblait s'intéresser à elle. Sa montre affichait maintenant 12 h 25 et une pensée angoissante la glaça : et si elle avait manqué sa mission du fait de son retard ? Elle se prit la tête dans les mains, les coudes sur la table, désespérée.

— On vous demande au téléphone.

Elle leva les yeux, le petit homme se tenait devant elle.

— Pardon ?

— Vous venez bien de la part de Béatrice ?

Elle le regarda, interdite.

— Oui.

— Suivez-moi.

Latifelle se dirigea vers le comptoir. Le gérant lui tendit le combiné. Elle le saisit, hésitante.

— Allô ?

— Vous étiez en retard, on avait dit midi pile. Vous commencez très mal.

— Je suis désolée, il y avait des bouchons. Mais quand j'ai demandé au monsieur du restaurant, il m'a dit que personne n'était venu pour moi.

— Prenez de quoi noter et écoutez attentivement mes instructions.

— Très bien. Attendez.

Elle emprunta un papier et un stylo au gérant. Quand elle eut fini de noter, elle demanda :

— Mais vous avez vu la tempête dehors ? Vous êtes sûr de vouloir laisser le sac sous la pluie ?

La voix lui répondit simplement :

— Vous avez quinze minutes, alors ne perdez pas de temps.

Latifelle sortit du restaurant, actionna le chronomètre de son portable et fila dans la direction indiquée par l'homme. Treize minutes et trente-cinq secondes plus tard, elle arriva devant un square vide. Après avoir repris son souffle, elle y pénétra, se dirigea vers le quatrième banc en partant de l'entrée et y déposa le sac noir. La jeune fille attendait, les yeux rivés sur le colis, quand une main saisit son épaule. Elle se retourna en poussant un cri de terreur. Un homme tenant un parapluie la regardait en souriant.

— N'ayez pas peur. Vous êtes là pour Béatrice ?

Latifelle le toisa, les yeux remplis d'effroi, et acquiesça.

— Suivez-moi. Je suis votre chauffeur. On m'a demandé de vous emmener où vous le souhaitez. Il vous suffit de me communiquer une adresse. N'importe laquelle.

— Je n'ai pas demandé de chauffeur. Ça ira, je peux prendre le métro.

Elle fit mine de sortir du square, mais l'inconnu lui barra la route. Ses jambes de plomb se muèrent en coton. Il la dévisagea d'un regard calme mais intraitable.

— On m'a demandé d'insister.

Il la prit par l'épaule, la dirigea vers son véhicule et la fit pénétrer à l'arrière. Celui-ci disparut sous la pluie.

12

8 janvier 2020

Elle se balançait d'avant en arrière, dans un bercement d'autiste, en murmurant, comme un pansement absurde, la phrase magique de Moussa : « Ça aussi, ça passera… Ça aussi, ça passera ». Puis ses yeux se figèrent sur une tache verdâtre étalée contre le mur dont la forme rappelait un oursin. Elle pencha sa tête sur le côté : « Est-ce un vestige de vomissures ? peut-être », se dit-elle en reprenant sa danse incantatoire.

Après le départ de Latifelle, une surveillante s'était plainte auprès du chef d'établissement d'avoir été insultée par l'avocate. Cet incident inventé – sans doute une ultime punition de Johnson – lui avait valu un nouveau placement en cellule d'isolement pour une durée de deux mois. Elle repensait, nostalgique, à Latifelle et au bol d'air que procurait sa présence. Béatrice ne s'était pas résolue à l'abandonner seule à la mission périlleuse de la livraison du sac, en dépit de sa bravoure. Elle avait décidé d'impliquer Serge qui l'avait accueillie à l'arrière du véhicule de l'homme au parapluie pour organiser sa fuite. La gamine avait manqué de s'évanouir quand elle l'avait reconnu, ce que Serge avait attribué à son aura. Un homme svelte, de taille moyenne et d'allure sportive vêtu d'un casque et d'une combinaison noire de motard, s'était présenté dans le square vidé de toute âme. Il s'était emparé du sac et était reparti sur la fameuse Suzuki Katana Yoshimura dont ils avaient tant recherché le propriétaire. Serge, à qui Béatrice recommandait de changer de profession, s'était alloué, pour l'occasion, les services d'agents privés. Ces détectives avaient pris en filature le motard jusqu'à un immense centre commercial situé en banlieue parisienne. L'homme s'y était engouffré muni du précieux objet mais n'en était jamais ressorti, ou du moins pas sous la même apparence.

Son bolide – qu'il avait, sans doute sciemment, abandonné – avait été récupéré et confié à un contact de Clotaire travaillant au sein de la police scientifique, l'idée étant de rechercher la présence d'éventuelles empreintes. Contre toute attente, il en identifia une série. Elle désignait un individu à l'identité troublante : un schizophrène franco-américain de 37 ans qui séjournait la moitié de l'année en hôpital psychiatrique. Comment un individu atteint d'une telle distorsion de la pensée avait-il pu organiser cette opération ? En outre – et c'était le plus troublant –, il mesurait un mètre quatre-vingt-dix-sept et pesait 120 kilos, loin du petit gabarit de l'homme à la moto. Ils furent donc forcés d'admettre qu'il ne pouvait s'agir que d'une fausse piste. Serge avait tout de même demandé la poursuite d'investigation sur la Suzuki en quête de tissus humains. Depuis son enfermement en cellule d'isolement, intervenu cinq jours plus tôt, elle n'avait plus eu de ses nouvelles. La messagère, pour sa part, s'était évaporée à compter de la fameuse livraison. Après des jours à scruter les couloirs, elle avait appris qu'elle s'était envolée pour la Guadeloupe, sans doute pour dépenser l'argent mal acquis. Peter était à présent en possession du sac, mais, pour une raison qui lui échappait, faisait durer le plaisir. Il ne l'avait pas fait libérer, il ne l'avait pas tout à fait condamnée non plus, puisque l'arme du crime était toujours dans la nature.

Ses yeux étaient à présent fixés sur la flaque d'eau couleur rouille – fruit d'une fuite non réparée – qui inondait le sol des WC et menaçait de se répandre jusqu'au pied de son lit. Elle hésitait encore sur la composition de ce liquide visqueux. Les canalisations ronronnaient depuis des jours, et compte tenu de l'odeur pestilentielle qui flottait dans l'air, elle optait pour un mélange de pisse et de merde. Mais ce doux parfum, quel qu'il soit lui importait peu, de même que le froid antarctique qui continuait de régner dans sa cellule. Elle était paralysée à l'idée de finir ses jours ici. Elle s'apprêtait à s'emparer des couvertures pour contenir la flaque, quand elle entendit la clé du verrou de sa cellule. Une surveillante se tenait devant elle, l'air souriant, ce qui l'affola immédiatement.

— Prépare tes affaires, tu sors, lança-t-elle.

Béatrice la regarda, égarée.

— Tu as entendu ? Je n'ai pas la journée putain ! Dépêche-toi !

— Je pensais que j'avais pris deux mois ?

— Tu veux que je te fasse un dessin ? Je te dis que tu sors d'ici ! Ils ont retrouvé le type qui a poignardé ton mari. Ton avocat t'attend.

Après le choc, Béatrice fut prise d'inquiétude. Devait-elle la croire ? Les scénarios les plus délirants se bousculèrent dans son esprit. Elle la suivit, fébrile. Mais ce n'était pas une nouvelle tromperie. L'arme du crime avait bel et bien été retrouvée. Le criminel présumé était un Franco-Américain de 37 ans à l'héritage controversé, répondant au nom de Marlon Blake.

— Et quel serait le mobile de Blake ? La folie ? demanda-t-elle, incrédule, à Serge.

— Accroche-toi. Il se trouve que c'est le petit-fils d'une femme décédée il y a cinq ans des suites du Vacanix. Il aurait voulu venger sa grand-mère.

— Tu y crois toi ?

— Pas une seconde. Tu penses que c'est par hasard si on a retrouvé ses empreintes partout sur la moto ? Non, Peter lui a taillé un costume de coupable sur mesure. Il aurait déjà avoué le crime. Il se serait présenté dans votre appartement en se faisant passer pour un livreur et aurait massacré Patrick sans qu'il ait pu opposer de résistance.

— En plus, ses possibilités de défense vont être proches du néant, comme il est atteint de schizophrénie, ajouta-t-elle, morne.

— Je me demande pourquoi il t'a fait libérer ? Il aurait pu te laisser croupir ici, à présent qu'il a le sac. Tu penses qu'il a voulu être magnanime ?

— Peter est incapable de ce genre de sentiments. Selon

moi, il a fait un calcul froid. Il sait que tu poursuis tes recherches sur le motard et que tu continueras de le poursuivre tant que je serai enfermée ici. Ce coupable idéal sorti du chapeau a l'avantage de clore définitivement l'enquête sur la mort de Patrick.

— Putain ! Ce type a toujours un coup d'avance ! Il doit passer ses nuits à jouer aux échecs contre lui-même.

Elle acquiesça sans un mot, puis ses yeux s'éclipsèrent, ou peut-être n'avaient-ils jamais vraiment été là. Serge la regardait en réalisant qu'il contemplait deux creux vides, qu'elle était assise en face de lui, mais qu'il était seul. Seul à être transporté par cette nouvelle. Elle accueillait cette libération sans émotion, comme s'il venait de lui annoncer l'heure du dîner. Il scrutait ses doigts d'une laideur indescriptible, ses traits durcis. L'admettre était un déchirement : Johnson l'avait véritablement abîmée. Quand elle se rendit compte qu'il l'observait, elle arrangea un sourire éclatant qu'elle lui offrit. Puis, malgré elle, son regard se vida de nouveau. Il voulut se lever de sa chaise et la serrer contre lui mais par pudeur, ou peut-être parce qu'il craignait de franchir cette ligne invisible entre eux, il laissa passer le moment et regagna doucement sa zone de confort. Il fit ce qu'il savait le mieux faire : être Serge.

— Du coup on va pouvoir fêter ton anniversaire ensemble. Que dirais-tu d'une nuit qui va te remettre d'aplomb ? lança-t-il avec malice.

— Serge, contente-toi de préparer mon passage devant Tellier et de me sortir d'ici une bonne fois pour toutes, ça sera déjà pas mal.

Asnières-sur-Seine, 10 janvier 2020

— Maman, à quelle heure est mon « anniversaire surprise » demain ?

Après sa libération, Béatrice s'était réfugiée chez sa mère pour reprendre des forces. Elle l'observait depuis deux jours s'affairer en cuisine pour la préparation de ce qu'elle avait deviné être une fête.

— Pourquoi tu me demandes ça ? Je ne comprends pas ta question, répondit Agathe en détournant les yeux et en se concentrant sur le découpage des plantains, une opération nécessitant une précision de chirurgien.

— Maman, tu fais très mal semblant. Regarde toute la nourriture que tu as préparée en deux jours !

— Je suis déçue, je voulais te faire une surprise pour fêter ta sortie de prison ! répondit Agathe en lâchant son couteau.

— Je suis désolée maman, j'ai un rendez-vous que je ne peux pas rater qui tombe le même jour. Alors, je préfère qu'on s'organise pour que je puisse être présente. Ça serait dommage que mon anniversaire se fasse sans moi, non ?

— En effet, ça serait une catastrophe. Ce rendez-vous est à quelle heure ?

— À 19 heures.

— Bon ça va, j'avais prévu 13 heures pour recevoir tes invités.

Le lendemain à 13 heures, en accord avec sa mère, après un saut chez l'esthéticienne pour une « urgence manucure », elle fit semblant d'être surprise quand elle franchit le pas de la porte. Elle fut accueillie sous une pluie de confettis et au prononcé du mot « surprise ! » elle répondit tout naturellement : « Oh my God ! Je ne m'y attendais pas ! Vous m'avez bien eue ! » Antonin se jeta dans ses bras et la fit tournoyer comme une enfant. Quand il la déposa, elle n'eut pas à simuler l'émotion qui l'envahit lorsque ses yeux balayèrent la pièce. Clotaire, pratiquement de la famille, faisait partie de la liste restreinte des personnes conviées par Agathe. Au milieu du brouhaha des invités et des coupes de champagne, il la regardait, ému.

— Tu ne vas pas pleurer, Clo, tu me déçois !

— Arrête de jouer les dures, B. Tu crois que je ne t'ai pas vue quand t'as failli chialer tout à l'heure ?

Elle éclata de rire et se jeta dans ses bras.

— J'suis trop contente de te retrouver, mon Clo.

Après le départ des invités, Clotaire la rejoignit à l'étage alors qu'elle se préparait pour sa soirée. Adossé contre le mur, il l'observait dans le miroir qui lui faisait face, alors qu'elle dessinait ses lèvres d'un ton bordeaux.

— Il te va divinement bien, ce rouge à lèvres.

Il la regarda de la tête aux pieds. Elle portait des talons aiguilles qui clôturaient une robe longue, décolletée en mousseline noire.

— Je te trouve bien séduisante, pour un rendez-vous avec ton avocat. Tu ne me cacherais pas quelque chose ?

— Non, je ne te cache rien.

— J'ai vu les regards qu'il te lance, ce Serge. J'espère que tu ne vas pas lui céder.

— Arrête de jouer les grands frères protecteurs, Clo. Je peux me défendre toute seule.

— Je ne joue pas les grands frères, c'est juste que c'est pas un mec pour toi, c'est tout.

— Allez, je suis prête. On y va ?

Ils embarquèrent dans le coupé Mercedes de Clotaire en direction du 8e arrondissement de Paris. Ils s'arrêtèrent devant un immeuble situé dans le quartier de l'Opéra indiquant sur sa devanture « Design by Jaler ». Des vigiles vêtus de noir effectuaient des contrôles de visiteurs à l'entrée d'une porte vitrée. Béatrice descendit du véhicule et se dirigea vers l'attroupement qui se formait peu à peu. Elle leva les yeux et fixa l'affiche en noir et blanc de l'artiste. Elle représentait un homme d'une soixantaine d'années, portant une barbe fournie sombre et de petites lunettes. L'exposition s'intitulait *Eugène F., quand l'aube rougit*. Après avoir investi la vaste salle d'une blancheur aveuglante, elle se fondit parmi les groupes de femmes et d'hommes en costume et robe de cocktail. Ils échangeaient, des verres et des petits fours à la main. Un serveur s'approcha d'elle avec un plateau sur lequel trônaient des coupes de champagne. Elle prit celle qu'il lui tendait en souriant et se fraya un chemin jusqu'aux œuvres d'Eugène F. Elles étaient disposées sur des murs blancs. Elle contemplait ces œuvres post-apocalyptiques, en se demandant quel était le rapport avec le titre de l'exposition, quand ses yeux croisèrent une phrase inscrite en lettres manuscrites surplombant les tableaux. « Je peins ce que je vois, et non ce qu'il plaît aux autres de voir. » Elle acquiesçait, quand une voix féminine derrière elle lui glissa :

— C'est de Manet.

Elle se retourna et esquissa un sourire, franc et spontané.

— Bonsoir, madame le juge, quelle joie de vous revoir.

— Laissez-moi oublier que je suis juge au moins pour ce soir, voulez-vous. S'il vous plaît, appelez-moi Pélagie, ajouta-t-elle en lui tendant la main. Je vous trouve bien ravissante, pour quelqu'un qui sort de prison.

Béatrice émit un rire timide en lui serrant la main.

— Allez, suivez-moi, lança-t-elle en avançant.

Elle suivit Mme Firmin le long d'un couloir jusqu'à une salle qui semblait faire office de débarras. La pièce sentait la peinture fraîche et un parfum boisé. Le juge Firmin alluma une lampe qui diffusait une lumière jaune anémiée, donnant à l'atmosphère une intimité qui invitait au secret. Béatrice observait avec intérêt une des toiles dessinée au fusain.

— Votre époux a l'air d'avoir du succès. Je ne le connaissais pas, dit-elle, le regard fixé sur la toile.

— Je ne le connaîtrais pas non plus s'il n'était pas mon époux, répondit madame le juge en se dirigeant vers un sac posé sur un fauteuil en cuir marron. Ne vous sentez pas obligée de faire semblant d'aimer, j'en déteste moi-même la plupart.

Les lèvres de Béatrice dessinèrent un sourire gêné. Mme Firmin sortit une enveloppe blanche du sac et la lui tendit.

— Vous ne l'avez pas ouverte ? s'enquit l'avocate, dubitative.

— Je ne dis pas que je n'ai pas été tentée. Mais vous ne m'aviez donné aucune instruction à part que vous reviendriez le lendemain. Après, nous savons ce qui s'est passé. Je me laissais encore un peu de temps pour prendre une décision, surtout que votre situation ne semblait pas s'améliorer.

— En réalité, j'avais prévu de revenir pour vous donn…

— Comme vous pouvez le voir, ce n'est pas le bon moment pour en discuter, l'interrompit-elle. Si je ne retourne pas aux côtés de M. Firmin, alors que c'est son grand soir, j'aurai peut-être bientôt besoin que vous me recommandiez un de vos confrères pour traiter mon divorce.

Elles retournèrent dans la salle principale de la galerie. Le nombre de visiteurs avait encore augmenté. Pendant que Béatrice cherchait M. Firmin des yeux, elle croisa le regard interrogateur de madame le juge.

— Dans quelle histoire abracadabrantesque vous êtes-vous encore fourrée ?

L'avocate esquissa un demi-sourire.

— Croyez-moi, je n'y suis pour rien.

Les yeux de Mme Firmin la quittèrent et se perdirent au milieu de la foule des invités.

— Je crois que vous avez une touche avec le beau jeune homme dans le fond, déclara-t-elle, d'un geste du menton.

Béatrice suivit son regard et sourit.

— C'est un ami, corrigea-t-elle. Mais vous l'avez, sans doute, déjà croisé au palais.

— Il est vrai que son visage m'est familier, maintenant que vous me le dites. Mais comme il a l'air sympathique, il ne doit pas être avocat, conclut-elle en lui tendant la main. Allez, je vous laisse le rejoindre. À très bientôt, ma chère Béatrice.

Elle rejoignit Clotaire qui avalait son reste de champagne à la hâte.

Vingt minutes plus tard, Clotaire s'arrêta devant un restaurant huppé situé près de l'Arc de Triomphe. Des voituriers se dirigèrent vers sa Mercedes et il stoppa le moteur.

— Pourquoi tu retires les clés ? interrogea Béatrice, l'air surpris.

— Je t'accompagne, pardi. Je vais faire un coucou à Serge. Je sais que ça lui fera très plaisir, répondit-il en ouvrant sa portière. Ça serait impoli d'arriver jusqu'ici sans le saluer, non ?

— Oh, Serge s'en fout. Te prends pas la tête, c'est pas utile. Il ne sait même pas que tu es là.

Mais Clotaire était déjà dehors.

— J'insiste, B., conclut-il en remettant ses clés au voiturier.

Ils pénétrèrent dans le restaurant et une serveuse les conduisit à la table réservée par Serge. Béatrice le vit se lever, l'air interloqué, quand il les aperçut.

— Ben, tiens donc, Clotaire ! Tu es là ! Il fallait me prévenir que c'était un plan à trois, j'aurais appelé une amie !

— Bonsoir Serge, je ne reste pas. Tu peux respirer, répondit Clotaire en lui serrant la main. J'accompagnais juste B.

Serge jetait à Béatrice des regards inquisiteurs et elle ne put faire l'économie d'une explication.

— Clo était à mon anniversaire surprise.

— Ah, tiens, TON anniversaire surprise, personne n'a pensé à m'inviter…

— Je n'y suis pour rien. C'est sa mère qui a fait la liste, glissa Clotaire d'un sourire ironique.

Après son départ, ils s'attablèrent l'un en face de l'autre, séparés par des bougies. Elles étaient disposées dans deux photophores dorés mettant en scène des jeux d'ombres et de lumières. Une bouteille de Dom Pérignon occupait un seau rempli de glaçons posé à côté de leur table. Serge lui jeta un regard railleur en se saisissant de la bouteille.

— Ah ! Ces « soi-disant » meilleurs amis qui viennent faire pipi dans le resto des gens, juste pour marquer leur territoire !

— Serge, arrête.

— Tu sais quoi ? J'avais prévu de t'offrir une nuit inoubliable. Mais tu viens de rater ta chance ! Après le repas, je te ramène chez ta mère !

— Tu vas moins faire la gueule dans une seconde quand je vais t'offrir ton cadeau.

Elle sortit de son sac l'enveloppe blanche et la lui tendit. Il la prit et la palpa.

— C'est quoi ? La clé de ta ceinture de chasteté ?

— Ouvre-la !

Il l'ouvrit et en sortit une clé USB sur laquelle était inscrite « MERCULIX ». Il la regarda comme si elle venait de déposer une bombe entre ses doigts. L'enveloppe contenait également des documents manuscrits.

— Ça n'est pas ce que je crois ? déclara-t-il, ahuri.

— Si, affirma-t-elle en le fixant.

— Attends, j'ai besoin d'un verre.

Après qu'il eut avalé d'une traite un verre de Dom Pérignon, elle lui conta comment elle était parvenue à lui présenter ces éléments.

— Qu'est-ce que tu veux dire ?

— En fait, quand j'ai récupéré le sac dans la cave, je ne savais pas quoi faire, car, comme tu le sais, j'avais le sentiment d'avoir été suivie. J'étais terrifiée. Prudence étant mère de sûreté, avant de quitter ma mère chez laquelle j'avais passé la nuit, je me suis dit qu'il fallait séparer la clé et la lettre de l'agenda. J'ai donc planqué l'agenda dans ses toilettes et emporté les autres éléments.

— Tu avais pu faire une copie de la clé ?

— Non, ma mère n'avait pas de clé disponible et, sincèrement, je n'avais pas le temps, surtout qu'il devenait clair que Patrick était au courant que j'avais le sac. Il avait harcelé ma mère de coups de fil.

— Du coup, elle était où, cette clé ?

— Chez une personne à laquelle personne n'aurait songé. Le juge Firmin.

— Non ! lança-t-il, pantois.

— Si, rétorqua-t-elle en souriant. Il me fallait une personne de confiance, qui puisse utiliser ces preuves s'il m'arrivait malheur et qui ne soit pas une proche. Elle cochait toutes les cases.

— Pourquoi elle n'a rien fait s'il elle les avait ?

— Apparemment, elle n'a pas ouvert l'enveloppe. En fait, quand je suis allée la voir, elle enchaînait les audiences. Elle m'a dit qu'elle ne pouvait pas me recevoir et m'a renvoyée vers son secrétariat. Mais il était évidemment hors de question que je la leur laisse. J'ai donc patienté pendant deux heures, mais en vain. J'ai ensuite emprunté une enveloppe et l'ai interceptée entre deux auditions pour la lui remettre en main propre en lui glissant de la conserver jusqu'au lendemain où je repasserai la voir.

Serge opina, les yeux perdus dans l'éclairage des photophores. Après un moment, il poursuivit :

— Béa, un autre truc m'échappe. Pourquoi Johnson t'a fait libérer alors qu'il n'avait ni la clé ni la lettre ?

— Tout simplement parce qu'il ignore leur existence.

Il la regarda, perplexe.

— Si tu veux bien te souvenir, la messagère m'avait dit texto : « Tu pourrais être libre dans très peu de temps si tu indiques où tu as planqué ce que l'intermédiaire qui m'envoie recherche. » J'étais évidemment dans tous mes états quand elle m'a délivré ce message empoisonné. Mais en y repensant, je me suis dit qu'il était possible que Peter ne sache pas que j'étais en possession de ces éléments.

— Ah oui ? et pour quelle raison ?

— Pour l'agenda, c'était clair, cet objet le compromettait personnellement. Alors que la clé avait été fabriquée de toutes pièces par un Patrick revanchard, qui en toute logique n'avait aucun intérêt à l'en informer, à moins qu'il n'ait été obligé de le faire avant son assassinat, ce dont je doutais.

Serge lui lança un regard dubitatif. Elle avala une gorgée de Dom Pérignon et poursuivit.

— Selon moi, si Peter avait eu connaissance de l'existence de cette clé ou de cette lettre, il aurait tué jusqu'au dernier des miens d'abord, pour savoir s'il en existait des copies et ensuite, pour s'assurer de toutes les détruire. Or, la clé n'a même pas été mentionnée par la messagère et le Peter qu'on connaît n'aurait jamais laissé passer un tel détail.

Il s'affala sur le dossier de sa chaise, estomaqué.

— Je suis bluffé ! Donc tu savais depuis le départ que tu étais en train de le mener en bateau ?

— Non, pas vraiment. En fait, je n'étais plus sûre de rien, surtout quand il s'est mis à menacer ma famille. Je me suis retrouvée prise au piège. Je n'avais plus que le sac à lui offrir, la clé et la lettre étant entre les mains de Firmin.

Après que Latifelle lui a remis l'agenda, je me suis dit : « Maintenant, ça passe ou ça casse. »

Serge la toisait muet, le visage drapé d'un subtil mélange d'émotion et d'admiration. Ses jambes le portèrent vers la chaise de Béatrice malgré lui. Il observa ses bras se jeter autour de ses épaules et les enlacer comme un désespéré. Était-ce bien lui qui fermait les yeux, à genoux devant elle, la tête appuyée contre sa poitrine, se moquant des regards de la salle ? Béatrice se leva et l'étreignit tendrement. Les autres convives les observaient, attendris, convaincus qu'elle venait d'accepter sa demande.

— Si tu savais comme je suis fier de toi, ma Béa, murmura-t-il.

— Merci beaucoup, Serge. Je n'y serais pas arrivée sans toi.

Quand ils se rassirent, ils se dévisagèrent, gênés comme des adolescents. Puis Serge se saisit du Dom Pérignon.

— Alors, c'est quoi la suite ? questionna-t-il en remplissant sa coupe.

Elle lui adressa un regard froid.

— Abattre Johnson !

Déjà parus dans la même collection

Mike Nicol, *Rabbit Hole*
Marto Pariente, *La sagesse de l'idiot*
Jørn Lier Horst & Thomas Enger, *Que le meilleur gagne*
Sébastien Raizer, *Terres noires*
Jo Nesbø, *Éclipse totale*
Caryl Férey, *Okavango*
Jørn Lier Horst, *Le Mal en personne*
Thomas Cantaloube, *Mai 67*
Chris Pavone, *Deux nuits à Lisbonne*
Marin Ledun, *Free Queens*
Olivier Barde-Cabuçon, *Hollywood s'en va en guerre*
John Brownlow, *L'agent Seventeen*
Jacques Moulins, *Menaces italiennes*
Dror Mishani, *Un simple enquêteur*
DOA, *Rétiaire(s)*
Deon Meyer, *Cupidité*
Thomas Bronnec, *Collapsus*
Chang Kuo-li, *Le sniper, le président et la triade*
Jo Nesbø, *De la jalousie*
Horace McCoy, *Les Rangers du ciel*
Sébastien Raizer, *Mécanique mort*
Jeff Lindsay, *Riley tente l'impossible*
Jørn Lier Horst, *La chambre du fils*
Audrey Gloaguen, *SEMIA*
Sébastien Gendron, *Chez Paradis*
Mike Nicol, *Infiltrée*
Danü Danquigny, *Peter Punk au Pays des Merveilles*
Chantal Pelletier, *Sens interdits*

J. P. Smith, *La médium*
Raf Vallet, *Mort d'un pourri*
Raf Vallet, *Adieu poulet!*
Jacques Moulins, *Retour à Berlin*
Jo Nesbø, *Leur domaine*
Chang Kuo-li, *Le sniper, son wok et son fusil*
Deon Meyer, *La femme au manteau bleu*
William Lindsay Gresham, *Nightmare Alley*
Jørn Lier Horst, *Le code de Katharina*
Olivier Barde-Cabuçon, *Le Cercle des rêveurs éveillés*
Thomas Cantaloube, *Frakas*
Marin Ledun, *Leur âme au diable*
Jean-Bernard Pouy & Marc Villard, *La mère noire*
Parker Bilal, *Les divinités*
Pierre Pelot, *Les jardins d'Éden*
Dolorès Redondo, *La face nord du cœur*
Sébastien Raizer, *Les nuits rouges*
William R. Burnett, *Good-bye, Chicago 1928*
William R. Burnett, *Little Caesar*
Jacques Moulins, *Le réveil de la bête*
Deon Meyer, *La proie*
Jean-Patrick Manchette, *L'affaire N'Gustro*
Jørn Lier Horst, *Le disparu de Larvik*
J. P. Smith, *Noyade*
Dror Mishani, *Une Deux Trois*
Sébastien Gendron, *Fin de siècle*
Parker Bilal, *La cité des chacals*
Vlad Eisinger, *Du rififi à Wall Street*
Danü Danquigny, *Les aigles endormis*
Neely Tucker, *Seules les proies s'enfuient*
Marc Villard, *Barbès Trilogie*

Caryl Férey, *Paz*
Mike Nicol, *L'Agence*
Jo Nesbø, *Le couteau*
Tom Piccirilli, *Dernier murmure dans le noir*
Bryan Reardon, *Le vrai Michael Swann*
Chantal Pelletier, *Nos derniers festins*
Marin Ledun, *La vie en rose*
Elsa Marpeau, *Son autre mort*
Jørn Lier Horst, *L'usurpateur*
Patrick Hoffman, *Chaque homme, une menace*
Éric Maravélias, *Au nom du père*
Thomas Cantaloube, *Requiem pour une République*

Composition : APs-ie
Achevé d'imprimer
sur Roto-Page
par l'Imprimerie Floch
à Mayenne, le 12 janvier 2024.
Dépôt légal : janvier 2024.
Numéro d'imprimeur : 103923.

ISBN 978-2-07-303737-4 / Imprimé en France.

613858